青空のむこう

The Great Blue Yonder

Alex Shearer

アレックス・シアラ
金原瑞人訳

求龍堂

THE GREAT BLUE YONDER by Alex Shearer

First published 2001 by Macmillan Children's Books an imprint of Pan Macmillan, a division of Macmillan Publishers International Limited

Japanese translation published by arrangement with Macmillan Publishers International Ltd through The English Agency (Japan) Ltd.

この本を父に

目次

8 ジェリー――Jelly …… 134
最悪の敵、ジェリーの作文が教室の壁にはってあった。

9 映画館――The Cinema …… 151
映画館は幽霊でいっぱいだ。

10 家――Home …… 175
やり残したことを片づけるために、ぼくは家にむかった。

11 二階――Upstairs …… 196
エギーの部屋のドアに、はり紙はもうなかった。

12 エギー――Eggy …… 212
思いを伝えたくて、ぼくは全神経を集中した。

13 彼方《かなた》の青い世界――The Great Blue Yonder …… 225
ぼくの気持ちは決まった。出発だ！

訳者あとがき …… 244
文庫版　訳者あとがき …… 249

主な登場人物

ハリー・デクランド　Harry Decland……交通事故で突然死んでしまった少年。
元気があってしっかり者。サッカーが大好き。

エギー・デクランド　Eggy Decland……ハリーの三歳年上の姉。本名はエグランティーン。
ハリーだけがエギーと呼んでいる。

ハリーのパパとママ……ハリーを心から愛する、やさしい両親。

ジェリー・ドンキンス　Jelly Donkins……ハリーの同級生。
でっかくて太っちょで、よくハリーをいじめていた。

ピート・サルマス　Pete Salmas……ハリーの親友。

オリビア・マスターソン　Olivia Masterson……ハリーの同級生の女の子。

オルト　Alt……ハリーがかわいがっていた猫。

アーサー　Arthur……約一五〇年前に熱病で死んだ少年。元は葬儀屋。死んだ母親を探しつづけている。

スタンさん　Stan……約五〇年前に死んだ老人。幽霊となって愛犬ウィンストンを探しつづけている。

ウグ　Ug……〈死者の国〉をさまよいつづける、「うぐっ」しか言えない原始人。

青空のむこう

1　受付——The Desk

人はみんな、死んだらあとは楽になるだろうって思うらしい。だけど、絶対そんなことない。

まず大人たちが次々にやってきて、こう聞く。

「おいおい、小さいのにひとりなんだな。お母さんを探してるのかい？」

だから答える。

「ううん、ママはまだ生きてる。ぼくが先に死んじゃったんだ」

すると相手はため息をついて言う。

「そりゃあよくない」と。

まるで、ぼくの努力しだいでこの状況《じょうきょう》をすっかり変えることができるはずだし、息をしていないのもぼくのせいだというみたいに。

ほんと大人たちは、ぼくが列に割りこんできたって思うようだ。

ここ、つまりアーサーの好きな呼び方で言うと〈あの世〉では〈アーサーのことはあとで話すけど）、物ごとはすべて年齢《ねんれい》と経験しだいって考えらしい。それって家にいたときと同じだ。

ぼくは〈家〉って言ったけど、アーサーは〈この世〉って言う。アーサーによれば、人は生きてるときは〈この世〉に必ずいるものだそうだ。そうじゃないと、死んだとき〈あの世〉に来られなくなっちゃうから。アーサーの言ってること、ぼくにはよくわからないんだけど。

人は長生きして、ちゃんと年をとって、体が弱って自然に消えるようにして死を迎《むか》えるのがいいらしい。アーサーは、靴《くつ》をはいたままベッドで死ぬのが一番だって。だけど、靴をはいたままベッドに入る人なんて聞いたことがない。ものすごく具合が悪くて脱《ぬ》げなかったっていうならわかるけど。それだって、だれかが脱がせてくれるよ、きっと。もしぼくが靴をはいたままベッドに入ったりしたら、きっとママに五十回はぶたれる、いや、六十回かな。もしかしたら百回かも。

だけどこれは、「そうだといいな」って話で、実際には、そんなにうまくはいかない。死ぬ年が決まってるわけじゃないんだから。ぼくみたいに早い場合もあるし、おじいちゃんみたいに年をとってからってこともある。その間の年齢の人もたくさんいる。だけど〈受付〉の順番がきて（受付のこともあとで話すね）、見ただけで寿命《じゅみょう》より早く死んだってわかる人は、地獄《じごく》のように大変な思いをする（本物の地獄ってことじゃない。地獄があるとしても、ぼくはまだ見てないから。ぼくの知るかぎり、死ぬと事務的な手続きをしなくちゃいけないようだ）。

死ぬと、次に気づいたときには長い列に並んでる。順番を待って登録してもらわなきゃならないんだ。大きな机のむこうに男の人がいて、ぶ厚いメガネごしにこっちを見おろして言う。

「どうした？ おまえみたいな子どもがここでなにをしている？ まだ人生が始まったばかりじゃないか。どういうつもりだ？ ここに用はないはずだろう。外で自転車でも乗って遊んできたらどうだ」

だからこう答える。

「自転車に乗ってたんだけど」

それでもこんなことになっちゃったんだ。

男の人はまた、ぶ厚いメガネごしにこっちをにらみつける。

「前をちゃんと見て、もっと気をつけることだな」

前も見てたし、ちゃんと気をつけてた、だからぼくのせいじゃないって言っても、同情してはもらえない。

「おまえはここに来るはずじゃないんだ。あと七十二年はな！　予定より早く来られると、コンピュータが混乱してしまう。こいつの使い方をようやくのみこんだところだったのに。これまでは手書きの台帳を使ってたが、それだってえらく大変だった。おまえを送りかえしたいくらいだよ、まったく」

それで、こう答えてみる。

「あの、送りかえしてください。ぼくの体からトラックをどかしてもらえれば」

宿題やなんか、家でやり残したことがいっぱいあるんだから。

だけど男の人は悲しそうな顔で言う。

「残念だが、それはできない。できたらどんなにいいかとは思うが、無理なんだ。元にもどすことはできない。一度起きてしまったことは、変えられない。こうなってしまったからには、もう行くしかないんだ。かわいそうだが」

そんなやりとりのあと、男の人は用紙にあれこれ書きいれ、コンピュータに名前を打ちこみ、この場所の案内が書いてある小さな紙をくれる。たいしたことは書いてない。〈死者の国・入り口〉とあって、出口は書かれてない。矢印がふたつあって、どちらにも吹きだしがついている。ひとつには〈現在地〉、もうひとつには〈彼方《かなた》の青い世界へ〉

と書いてある。それだけ。

〈死者の国〉は不思議なところだ。どこでもないっていうのが近いかもしれない。ほんと、そんな感じ。こっちでもなければ、あっちでもない。だけどたしかに存在する。ただ、ここって指さすことはできないし、地図にものってない。ほんとに説明しにくいんだ。足がしびれたときの感じを人に説明しにくいのと同じかも。言葉ではどうしても伝わらない。こればかりは自分で体験してみるしかない。

ここには木がいっぱい生えてて、わき道や小道が何本もあって、曲がり角もあれば、遠くに原っぱも見える。ところどころに、大きな指みたいな標識があって、〈彼方の青い世界へ〉と書いてある。人はみんな、指の方向にむかって、遠くに見える夕日を目指して歩いていく。

太陽は傾《かたむ》いているのに、沈《しず》むことはない。時が止まってしまったみたいに、ずっと同じ場所にいる。丸天井《まるてんじょう》がひもかなんかでぶら下がってるみたい。だからずっと、黄と赤と金の混じりあった美しい夕焼けのままで、影《かげ》も長くのびたまま。夏と秋がいっぺんにきた感じで、ちょっぴり春も混じってるけど、冬の気配《けはい》はまったくない。

わかるのはそれだけ。手引きみたいなものは全然ないんだ。学校に入学したときのようなわけにはいかない。〈彼方の青い世界〉の方向を矢印で示した案内パンフレットを渡されて、あとは自分でやるしかない。でも心細くなることはない。みんなすごく気さくで親切だから。アーサーが言うには、みんな同じボート、〈死のボート〉に乗ってるからだって（てことは、反対語は〈救命ボート〉になるかな）。

〈死者の国〉を歩いてると、ほとんどの人は死んでるって実感がないんじゃないかって気がする。生きてる人たちのほとんどが、生きてる実感がないのと同じように。ここの人たちはあちこち歩きまわってはこんなふうに言う。

「なんでこんなことをしているんだろう？　死んでいることの意味は？」

生きてたときと同じだ。

「生きていることにどんな意味があるんだろう？」

そのことを本に書いたりする人もいるけど、死んだら本を書くことはできない。

ぼくも生きてたとき、パパに同じようなことを聞いたことがある。パパは肩《かた》をすくめてこう言った。

「心配するな。死んだらわかるさ」

だけどそうじゃなかった。だって、死んだってわからないままなんだから。ぼくは今、死んでる。絶滅《ぜつめつ》したドードー鳥[※1]みたいに、まちがいなく死んでる。でも、なぜここにいて、なにが起きているのか、手がかりさえつかめない。だからこれだけは言える。死んだら生きる意味がわかるなんて思ってたら、きっとすごくがっかりする。

ここにいる人たちだって、なにが起きているのかだれも知らないみたいだ。これも〈家〉にいたときと同じ。なかには少ししたら生まれかわるって思ってる人もいる。ほんとかどうかは知らない。ぼくは無理なんじゃないかと思う。それに、そういう人たちは生きてたときのことをほとんど忘れちゃってるから、「生まれかわれば、すべてがわかるはずだ」なんて言う。

だけどそんなの嘘《うそ》だと思う。

わかったことがひとつある。長いあいだ死んでいると、記憶《きおく》がなくなっていくんだ。これはほんとだと思う。あるとき、昔うちのむかいに住んでたグラムリーのおばあちゃんを見かけたから、「こんにちは。おばあちゃん、元気?」ってあいさつした。だけどグラムリーさんはぼくを覚えてなかった。

「ハリーだよ、むかいに住んでた。覚えてない? 赤《あか》ん坊《ぼう》のとき、ベビーカーで散歩につれてってくれたじゃない。ぼくが泣きだすと、大丈夫、ただの風よって、風がないときでもそう言ってくれたりして。少し大きくなったら、いい子だから内緒《ないしょ》ねって言ってチョコレートくれたり。あのハリーだよ。お姉《ねえ》ちゃんがいて、パパはテレコムで働いて

※1 ドードー鳥＝十七世紀後半に絶滅した大型の鳥。

て、ママは市議会でパートで働いてる」

　それでも、グラムリーさんはぼくをしばらく見つめたあと言った。

「ごめんね、ぼうや。昔のことはぼんやりとは覚えてるんだけど、ぼうやのことは知らないと思うわ。自信はないけど」

　それから、昔ショッピングカートを引っぱってたときみたいに後ろに腕《うで》を伸《の》ばして、行っちゃった。でもほんとはカートなんてなくて、グラムリーさんの頭のなかにあるだけ。きっとカートのまぼろしみたいなものが見えてて、そのまぼろしをぼんやり引っぱりながら、そのなかにバーゲン品や、一個の値段で二個買える商品をいっぱいつめこんでいるつもりなんだろう。

　別れてからふと、ぼくはグラムリーさんが死んだのが五年前だったことを思い出した。五年もたつと人の見かけはだいぶ変わっちゃうことがある。たぶん、前に会ったときとはぼくがまるでちがっちゃってたからわからなかったんだ。

　グラムリーさんに思い出してもらえなくて、ちょっとがっかりした。人に忘れられるのは気分のいいもんじゃない。自分が消えちゃったような気持ちになる。

　だけど、ぼくのことを覚えてくれてる人にも会った。バーンズさん、グーターさんと奥《おく》さん、レズリー・ブリッグにメイブおばさん。

メイブおばさんはぼくを見て、すごく驚《おどろ》いた。

「ハリー、ここでなにしてるの？　ママとパパは？　ふたりが先でしょう？　それにあなたまだ、大人にもなってないじゃないの」

「ちょっと」ぼくは言った。

「ひどい目にあっちゃって。自転車に乗ってて事故にあったんだ。トラックとぶつかって」

「まあ、そんな！　痛くなかった？」

すごく不思議なんだけど、痛くはなかった。ちっとも。ぼくは気をつけて道を走ってた。スピードも出さなかったし、ふざけたり、乱暴にこいだりもしなかった。そこへ急にトラックが現れた。

気づいたときには、ここにいた。痛みは全然なかったし、なにも感じなかった。指をパチンと鳴らしたり、照明のスイッチを切ったりする、そんな感覚。さっきまでそこにいたのに、次の瞬間《しゅんかん》にはいない。パチッとついて、パチッと消える。そんな感じだった。ほんとに不思議。すっごくヘン。消える手品みたい。

そうそう、質問が出るかもしれないから話しておくね。赤ん坊はどうなるんだろうっってこと。ここでぼくを見た人は、きっとこう考えると思うんだ。

「あの子はいくつなんだろう？　十歳《さい》から十二歳の間ってところかな。もうちょっと上か、下かもしれない。背の高い九歳かもしれないし、背の低い十三歳ってこともある。いずれにしろ、あの子は自分でなんでもできる。しかし赤ん坊は？　いったいどうしているんだろう？　だれが面倒《めんどう》を見てるんだろう？」

ここでは、ひとりでどうにもならなければ、いつもだれかが手を貸してくれるんだ。放《ほう》っておかれることはない。必ずだれかが目的地まで連れてってくれるし、つきそってくれる。

説明するのが難しいや、ほんと。これをすっかり理解するには、死んでここに来るしかない。だけど、そこまですることはないと思う。ぼくならしない。もし生きてたらってことだけど。そんなに急いで来ることないもん。なにかを逃《のが》しちゃうってわけじゃないんだし。

ともかく、ぼくは死んでここにいる。あるときまでぼくの前にはなんだってできる人生が広がっていたのに、次の瞬間には死の世界しか見えない。この状態はどれくらいつづくものなんだろう？　死の世界にいるあいだ、なにをして過ごせばいい？　ぬり絵？

メンバーを集めてサッカーの試合でもする？　ほかには？

ぼくは受付にもどって、コンピュータの端末《たんまつ》にむかっているさっきの男の人に聞いた。

「あの、ぼく、この先、どれぐらい死んだままでいるんですか？」

「なんでそんなことを聞く？　急用でもあるのか？　ほかに行くところでも？」

「レゴランド※2に遊びに行くことになってて」

「そりゃ、ついてなかったな」

「あの、おじさんも死んでるんですか？　もしかして死神とか？　その、ミスター死神？」

男の人は顔を上げてうなった。

「もちろん死んでる！　当たり前だ！　おまけにくだらない質問に死ぬほどうんざりしている。さあ、あっちへ行った。邪魔《じゃま》するんじゃない。忙《いそが》しいんだ」

たしかに忙しそうだった。登録を待つ人たちの列がえんえんとつづいていた。犬や猫《ねこ》もいる。きっと飼い主と一緒《いっしょ》に受付を通らなきゃいけないんだろう。牛とか羊《ひつじ》とかのほかの動物たちは、専用の国があるのかもしれない。〈メー・モウ・グワッ・ヒヒン・ブーの国〉とかいう名の。

※2　レゴランド＝おもちゃのレゴで遊ぶことのできる遊園地。

ぼくはちゃんとした答えがもらえなかったので、納得《なっとく》できなかった。

「この先どれぐらい死んだままでいるのか教えてください」ぼくはたずねた。

「なんにもしないでずっとぶらぶらすることになっちゃう。ぼくはなにをしたらいいんです？　ここってなにもかもでたらめな感じで、ほんと時間のむだっていうか」

「そのとおり」　男の人は肩をすくめた。

「時間のむだ、たしかに。その表現がぴったりだ」

男の人はまたコンピュータの端末にむかうと、自分はほかの人と違《ちが》って偉《えら》いんだって顔で仕事をつづけた。ぼくたちと同じ死んだ人間なのに。

これ以上ここに立ってても、相手にしてもらえそうになかったので、どうしようって考えながら、その場をはなれた。

そのとき「やあ、ぼくが手伝おうか」と声をかけられた。

それがアーサーとの出会いだった。あとで話すって言った、あのアーサーだ。

アーサーは別の時代の人だった。現代ではまず見ない、古めかしい服を着て、チャールズ・ディケンズ[※3]の『オリバー・ツイスト』って小説なんかに出てくる男の子みたいだった。

おもしろいことに、人は死んだときの服装でこっちに来るらしい。それも全然よごれてない。おろしたてのように、ずっときれいなままだ。

でもずっと思ってたんだけど、本物の服なのかな。ひょっとして記憶《きおく》してる服？　体も本物じゃなくて、記憶してる体なんだから。ということは死んだ人間って、たくさんの記憶のかたまりで、それが歩きまわってるだけなのかも。

だけどアーサーの服は、よごれてはいなかったけど、みすぼらしかった。ぼろぼろで、あちこちにつぎはぎだらけだった。帽子《ぼうし》も、普通《ふつう》の男の子がかぶるようなものじゃない。野球帽なんかじゃなくて、やたら大きなシルクハットだ。昔のお葬式《そうしき》の絵に描《えが》かれてる葬儀屋《そうぎや》さんがかぶってるようなやつ。たぶんアーサーも葬儀屋だったんだ。というか、昔はそうだった、かな？　それとも今でもそうだ、かな？　まあ、どっちでもいいや。死んでるから話がややこしい。『だ』でもないし、『だった』でもないし。『だ』と『だった』がごっちゃになっちゃう。

とにかくアーサーはどう考えても一五〇歳はこえているんだけど、ちっともそんな年には見えない。すごく身軽で、とんぼ返りもうまい。それに、シルクハットをかぶったまま頭で逆立ちすることもできる。それをやると、頭から煙突《えんとつ》に入って途中でつか

※3　チャールズ・ディケンズ＝英国の十九世紀を代表する国民作家。

えた小柄《こがら》のサンタクロースみたいだ。ぼくがそう言ったら、アーサーはきょとんとした。

「サンタクロースってだれ?」 サンタのことなんか聞いたことないって顔で。

アーサーは百数十年前、ぼくと同い年で死んだってことがわかった。その日からアーサーは年をとってない。ここ〈死者の国〉では、人は年をとらない。死んだときの年齢のままだ。ここは生きてるときの〈家〉とはちがって、時間が流れてるのかいないのか、ぼくにはわからない。

ぼくみたいにトラックにはねられたの? って聞くと、アーサーは、熱病《ねつびょう》で死んだって言った。昔は、アーサーくらいの年の子がよく熱病で死んだんだって。たしかにまわりをよく見ると、アーサーと同じような服を着て歩いている子どもたちがいる。その子たちもみんな熱病で死んだらしい。

熱病で死ぬのは苦しい? って聞いたら、アーサーは、最初はつらかったけど、病気が重くなると意識がなくなって気がついたら死んでたって言った。だけどそれで終わり、もう熱病にはかかることはないよって。

なんでシルクハットをかぶったままここに来たのかも聞いてみた。だって、熱病にかかってベッドで寝《ね》てるのに、帽子をかぶってるのは変だなって思ったから。だけど、アーサーはベッドにいたんじゃなかった。馬と一緒に馬小屋で寝てたんだって。どんな馬か聞いたら、葬儀屋の馬だって教えてくれた。

じゃあ、パジャマを着てなかったのはどうして？　って聞いてみると、あのころの馬はパジャマなんて着なかったって、わけのわからないことをアーサーは言った。そうじゃなくて、きみがパジャマを着てなかったのはなぜ？　って、ぼくは聞き直した。するとアーサーは言った。

「馬もぼくもパジャマなんて持ってなかったんだ。服は今着ているやつ一枚きりだよ。帽子をかぶってるのは、すきま風が寒いから。なにしろ馬小屋だからな」

ぼくがあんまり質問ばかりするから、アーサーはうんざりしたみたいで、けんかになりかけた。だけどすぐにおさまった。だって死んでる人と言いあらそうなんて、すごくばかばかしいと思ったんだ。だからぼくたちは仲直りして、もうけんかはよそうって約束した。

アーサーに馬小屋で寝てた理由も聞いた。あのころは、一番ましな寝場所は馬小屋って子どももいたらしい。ぼくは、それは大変だなって思った。だって、休みの日に家族で出かけたとき、お姉ちゃんとひとつのベッドで寝ただけでも、最悪だったから。馬と一緒に寝るのはもっとひどいにきまってる。それでももし、お姉ちゃんと一緒に寝るか、馬と一緒がいいかって聞かれたら、馬って答えるかも。だって、馬はヒンヒンなくかもしれないけど、お姉ちゃんほどいびきをかくとは思えないもん。それに馬のにおいだってそんなにひどいはずはない。きっとそうだ。

だからアーサーにその話をして、意見を聞いたんだけど、アーサーはぼくのお姉ちゃんには会ったこともないから、考えてみる気にもならないって言った。それに、人をけなすぐらいなら、なにも言わないほうがいいって。

ぼくは、ずっとここで待ってればお姉ちゃんに会えるよって言った。お姉ちゃんだってほかの人たちと同じように、いつかは死ぬんだから、会ってから考えればいいよって。そしたらアーサーは、そのころにはきみのおねえさんはおばあさんになってるかもなって答えた。それを聞いてぼくは不思議な気持ちになった。お姉ちゃんがおばあちゃんになって、ぼくは子どものままでいつかまた会う。気まずくって、なんて言えばいいかわかんないよ。

死んだ人たちの話をしながら、アーサーにお父《とう》さんとお母《かあ》さんはどこにいるの？って聞いてみた。アーサーは、何年も探してるけどまだ見つからないんだって言った。やっかいなのは、お母さんはアーサーを産んだときに死んじゃったから、アーサーがお母さんの顔も知らないってことだ。そのころは、お産で死ぬ人が多かったんだって。

じゃあ、お父さんは？　って聞いたら、それもわからないらしい。アーサーは、ディケンズの小説のオリバーみたいに、施設《しせつ》で育った。死ぬときも幼いときのオリバーと同じ、葬儀屋の使用人だったんだ。ひょっとしてアーサーがオリバーその人か、それともオリバーのモデルなのかなって、ぼくは思い始めた。でもアーサーは、オリバーもチャールズ・ディケンズも知らないって言った。それにオリバーは最後には助かって幸せになったけど、アーサーはちがう。熱病にかかって、馬小屋でパジャマも着ずに、つぶれたシルクハットをかぶったまま、馬の横で死んだんだ。そういえば、イエス様は馬小屋で生まれた。アーサーは馬小屋で死んだ。これってなにか意味があるのかな？

ぼくはアーサーに、お母さんを探せるかもしれないよって、言ってみた。受付の男の人にコンピュータでしらべてもらったらどうかと思ったんだ。だけどアーサーは、やってみたけどだめだったと言った。受付の男の人はファイルなんかをちゃんと整理してないし、コンピュータの知識もほとんどないんだって。アーサーは自分でも、入ってくる人をチェックしてるけど、なにしろ人は次から次にやってくるし、みんな家族を探してるから、大混乱になっちゃうこともあるらしい。

〈死者の国〉では、長いこと別れていた家族や好きな人を探す人が大勢いる。でもアーサーの場合はほかの人たちより不利だ。お母さんの顔さえ知らないんだから。こんなときって、どこから手をつけたらいいんだろう？　干し草のなかから針を探すようなもんだ。すっごく手間のかかる大変な仕事だと思う。ぼくはアーサーにそう言った。

「言いにくいけどさ、そう簡単にきみのお母さんを見つけられるとは思えないよ。だって写真がないんだから。ロケット[※4]に入ってるような小さなやつもないなんて。ふつう持ってるよ、写真を入れたロケットぐらい。探すんなら、最低でもそれくらいないと。写真がないのはどう考えても失敗だね」

　アーサーはため息をついた。

「ハリー、ロケットなんて持ってないよ。ロケットに入れる写真だってない。あるのはこれだけだ」

　そう言ってアーサーは、ボタンを見せた。まぼろしか本物かはともかく、アーサーが赤ん坊のころから持っているもので、お母さんのブラウスから取れたものらしい。ほんとかどうかはわからないけれど、施設の人がそう話してくれたそうだ。でもどうなのかな。みんなが嘘ついてたかもしれない。ただの古いボタンで、かわいそうに思った施設の人が、アーサーをなだめるためにくれたのかもしれない。なにか形見《かたみ》になるものをあげようと考えて。

　アーサーは、よく見えるようにぼくにボタンを手渡《てわた》した。たしか真珠層《しんじゅそう》って言ったっけ、貝の内側のきらきら光る部分を使った、宝石みたいに美しいボタンだった。ぼくは「きれいだね」って言って、ボタンを返した。アーサーは、まぼろしのポケットに大切そうにしまった。

「ひとつだけたしかなのは」アーサーは言った。「ぼくは、母さんを見つけるまでは行かないってこと」

ぼくはちょっと驚いた。わけがわからなくて、アーサーを見た。

「行かないってどこへ？ 行くとこなんてあるの？ 死んだら、それで終わりだよね。これ以上どこへ行くの？」

アーサーは、こいつまったくのばかって顔でぼくを見た。

「死んでからどれくらいたつんだ、ハリー？」

「さあ。よくわかんない。そんなに長くないよ。来たばっかりって気がする」

「それならしようがないよな。だれかに聞いてるはずないし」

「聞くってなにを？」

「つまりだれも教えてくれないんだ」

「だから、なにを？」

※4 ロケット＝写真などを入れる小型のアクセサリー。

「ここではなんでも、自分で探さなきゃいけないんだ。ちゃんとしたガイドブックでもあればいいのにって思うかもしれないけどさ。あんな使えないパンフレットだけじゃなくて」

「わかんないよ、アーサー。どこか行くところがあるの？　死んだらどこへいくの？　ここが最後じゃないの？」

「いや、先があるんだ。〈彼方の青い世界〉だよ」

「なんの青い世界？」どこかで聞いたような気がした。

「彼方の。ほらあそこだ」

そう言ってアーサーは、ずっとむこうの地平線を指さした。太陽が沈みかけたままになっている。赤と金に染まった夕焼けの先に、うっすらとした青がかすかに見える。やっと思い出した。〈彼方の青い世界〉。パンフレットにそう書いてあった。

「あそこでなにがあるの？」ぼくは聞いた。

「うん、そうだな。心の準備ができたら、あそこへむかうんだよ。あそこで、えっと、なんて言ったっけ？」

「知らないよ。ぼくは来たばかりなんだから。なに？」

「ほら、なんとかクル。えーっと、リ……なんとかクル」

「そう。準備ができたら次のところにいくやつ。新しい言葉で、なんて言ったっけ？ほら、ここまで出かかってるんだよ、ぼくの、ぼくの……」

「リ……クル？」

「喉《のど》まで」ぼくは教えてあげた。

「思い出した。リサイクルだ！　今はそう言うんだよ。リサイクル」

ぼくはあっけにとられてアーサーを見つめた。

「リサイクル？　どういうこと？」

「あとで教えるよ。さっき、母さんかもしれない人を見かけたんだ」

そう言ってアーサーは行こうとした。

「そうだ、ハリー」アーサーは振《ふ》りむいて言った。「さっきの質問だけど」

「どの質問？」

「いつまで死んだままなのかっていう」

「ああ」

「人によるんだ」

「人によるって？」

「どれくらいの間、死んだままでいたいかによるんだ。つまり自分しだいさ。あんまり遠くに行くなよ。あとで探すから。じゃあな！」

アーサーはあわてて女の人のあとを追っていった。その女の人は古めかしい服装で、昔風の傘《かさ》を持っていた。でも雨傘《あまがさ》じゃない。雨をよけるんじゃなくて日ざしをよけるためのやつ。パラソルって言うんだっけ。女の人はボンネット※5もかぶってた。ボンネットとパラソルで、どんな天気にもばっちり備えてますって感じだ。

アーサーは女の人を追いかけて、大声で呼びとめた。

「あの、すみません！」

手に、お母さんが死んだときに身につけていた、あの真珠みたいなボタンをしっかり握《にぎ》りしめて。

だけど女の人がアーサーのほうを振りかえったとき、ブラウスにはボタンが全部ついてるのがわかった。てことは、アーサーのお母さんじゃない。残念。だって、その女の人はきれいなうえに親切そうで、選べるなら、お母さんにしたいくらいの人だったから。

アーサーはボタンが全部ついてるのを見ると、がっかりした顔になった。

「すみません。声をかけたりして。ぼくの知ってる人かと思ったもんですから」

女の人はやさしく笑うと、まぼろしの指でアーサーの頬にふれた。手には上品な白い麻《あさ》の手袋《てぶくろ》をはめていた。

「残念ね。わたしも人を探してるの」

女の人はにっこりと笑うと、人混みのなかに消えていった。

アーサーはものすごくがっかりしてた。お母さんを見つけるまで気が休まらないのかもしれない。ほんと、それまでは落ちつけないんだろうな。変に聞こえるかもしれないけど、アーサーはまるでちゃんと死んでないみたいに思えた。まだやり残したことがあるって感じ。アーサーは人混みのなかに消えていった。ボンネットをかぶってパラソルを持ち、ボタンがひとつ取れた服を着た、ヴィクトリア時代の女の人を探して。

アーサーを見送りながらぼくは思った。ほんとは、ぼくも落ちついてないんじゃないか、なにかやり残したことがあるんじゃないかって。

※5　ボンネット＝あごの下でひもを結ぶ、女性用の帽子。

2 死者の国——The Other Lands

ところで、今ぼくがいるところ（どこかはともかく）と、ここで起こったことを考えると、ぼくがいろんな昔の人や、歴史上の有名人にばったり会うんじゃないかなあって思うかもしれないね。

死んだら、過去のいろんな時代の人、たとえば鉄器時代や石器時代や中世の人とか、ナポレオンやジュリアス・シーザーやチャールズ・ディケンズやウィリアム・シェイクスピアやクマのプーさんの作者や、だれでもいいけど、とにかくそういう有名人にも出会えるんじゃないかって。そしたらサインをもらったり、せめてちょっとだけでも言葉をかわして、今じゃかなり名前が知られてますよって教えてあげたい。そう思うかもしれない。本人は自分が有名人だってこと知らないかもしれないしね。だれかが先に教えてたら別だけど。

でも、会ったことはない。チャールズ・ディケンズにも、フン族のアッティラ王にも。何千年も前に死んだ、動物の毛皮をきた原始人もいない（ウグは別だ。ウグのことはあとで話す)。クレオパトラもモーセも。見かける人のほとんどは、外見からするとここ何年かのあいだに死んだ人らしい。アーサーみたいに別の時代の人も少しはいるけど、思ったほどじゃない。みんなはどこに行ったんだろう? ずっと昔から、ぼくと同じように死んだ人が、数えきれないほどいるはずなのに。

きっと、もっといい場所へ行ったんだと思う。だってほら、よく墓石に書いてあるよね。『この世を去り、よりよき地へ』って。

だけどここは、あんまりいい場所には思えない。ただ、ちがってるってだけのような気がするんじゃないか。

とにかくぼくは、〈死者の国〉でもなんでもいいけど、そのなかを歩きまわってる。昔のえらい人に会えるかもしれないって少しは期待してるし、普通《ふつう》の人とでもいいから話をして、意見を交換したいと思ってる。昔の人に車やジェット機やコンピュータの話をして、相手が口をぽかんとあけて、目を丸くするのを見たいんだ。だけど昔の人にはめったに会わない。

それに、かなり昔の人も現代のことを知ってるらしい。コンピュータの話をしても、みんな、原始人のウグでさえ肩《かた》をすくめて「ああコンピュータか。それがどうした?」って顔で、どっかに行っちゃう。あ、ウグが言ったってことじゃないよ。ウグが話す言葉は「うぐっ」だけだから。だから呼び名もそうなった。名前を聞いたって返ってくるのはいつも「うぐっ」。

大昔の人たちもなにかを探してるみたい。みんなひたすら歩きまわってる。まるで探し物を見つけないと、ちゃんと死ねないみたいだ。やり残したことがあるって感じ。アーサーと同じ。そしてたぶん、ぼくもそう。

やり残したこと。そう呼ぶのがぴったりだ。ぼくはそれを考えると、いつもゆううつになる。ぼくの場合は、お姉《ねえ》ちゃんのエギーに言ったことだ。

お姉ちゃんのほんとの名前はエグランティーンっていうんだけど、ぼくはいつもエギーって呼んで、お姉ちゃんを怒《おこ》らせてた。ママとパパはエグランティーンなんて変な名前をつけたことを後悔《こうかい》してると思う。ちょっとした気まぐれだったんだろう。今ではみんなからティナって呼ばれてて、お姉ちゃんはエグランティーンって名前を必死に隠《かく》そうとしてる。他人には絶対言っちゃいけない、すごく恥《は》ずかしい家族の秘密って感じ。で、みんなティナって呼んでたけど、ぼくだけはしつこくエギーって呼んでた。お姉ちゃんが外でどんなにかわいこぶっても、ぼくが弱みを握《にぎ》ってるってことをわからせようと思ったんだ。おすましを始める前の、恥ずかしい赤ん坊のころを思い出させようってわけ。

その日は、エギーがペンを貸してくれなかったせいで、けんかをした。ぼくはすぐに家を飛びだし、おこづかいでペンを買おうと自転車で文房具屋《ぶんぼうぐや》にむかった。つまらないことがきっかけの、すごい大げんかだった。きょうだいげんかでたまに飛びだすような、ずいぶんひどいセリフでけなしあった。そのときは本気で言ってても、ほんとにそう思ってるわけじゃなくて、カッとなると出ちゃうってやつ。

エギーは、ぼくがいつも不器用な手で力まかせに書くから、フェルトペンの先がつぶれてだめになっちゃうって言って、どうしても貸してくれなかった。だからぼくはかっとなって言った。

「そんなペンいるもんか。自分で買うよ。頼《たの》まれたってエギーのペンなんか二度と使わない。百万回土下座されたって絶対に使ってやるもんか!」

そしたらエギーが言いかえした。

「ふん、お日さまが凍《こお》るまで待ったって、貸してやらないわ。デブ!　自分のを買いに行けばいいじゃない。あんたがいなくなればせいせいするわ。ついでに、そのぶさいくな顔も二度と見せないでよ」

ぼくはドアを思いきり閉める前に言ってやった。

「今に、今にわかるんだから！　お姉ちゃんなんか大嫌《だいきら》い！　大大大っ嫌いだ！　この家もパパもママもみんな嫌いだ。帰ってくるもんか。もう二度と会いたくない」

そしたらエギーが「じゃあ帰ってこないで」って言ったんだ。

だからぼくは「そんなこと言って、あとで泣いたって知らないからな。ぼくが死んだら、きっと後悔するんだから」ってやりかえした。

エギーも「後悔なんてするわけないじゃない。大喜びだわ。とっとと消えなさいよ。それからエギーって呼ぶのやめてよね」って負けずに言った。

ぼくはドアをバタンとしめて、自転車で家を出た。

で、死んじゃった。

そして今ぼくはここにいる。完全にまちがいなく死んでる。ぼくがお姉ちゃんに言った恐《おそ》ろしい最後の一言ときたら「ぼくが死んだら、きっと後悔するんだから」で、お姉ちゃんのほうは「後悔なんてするわけないじゃない。大喜びだわ」

だからお姉ちゃんにものすごく会いたい。そして、ごめんね、本気じゃなかったんだって伝えたい。そうすればお姉ちゃんも、ごめんね、あたしも本気じゃなかったたって言えるじゃない。お姉ちゃんだってぼくと同じ気持ちだと思う。ついばかなことを言っちやっただけで、今ではぼくと同じくらい後悔してるはずなんだ。

できることならもどって、お姉ちゃんにそのことを伝えたい。そして、お姉ちゃんのこと大好きだから、もう悲しんだり、自分を責めたり、泣いたりしないでって言いたい。それから、トチの実割り[※6]で四年も負け知らずのトチの実とか、飼ってたナナフシ[※7]とか、大事にしてたものを全部あげるよって。

だけどできない。だって、もどれないんだから。死んじゃったんだから。

だから、ぼくはアーサーと似てるし、きっとウグとも似てる。(ただ、ウグのやり残したことがなんなのかはだれも知らない。ウグが教えられるわけないし。ただうなって「うぐっ」って言って、おっかない顔をすることしかできない。それ以外のときはぼんやりしてる)ぼくはいろんな点でふたりに似てる気がする。ぼくにもやらなきゃならないこと、片づけなきゃならないことがあるから。

アーサーが人混みに消えると、しばらくひとりで、いろんなことを考えながら歩きまわった。そして自分のことを考えてみた。そのうち少しずつだけど、のみこめてきた。

※6　トチの実割り＝ひもにぶら下げたトチの実をぶつけ合って、相手の実を割るゲーム。
※7　ナナフシ＝木の枝に似た、茶色または緑色の昆虫。

死んだら最後って言うけど、そうじゃない。だって最後だったら、みんなまだ〈死者の国〉にいるはずだから。大昔の人から始まって、今まで生きていた人がみんないてもおかしくない。けど、いない。ってことは、どこかほかの場所へ行ったんだ。地平線のむこうにある〈彼方《かなた》の青い世界〉と関係がありそうだ。ぼくは行けるかもしれないし、行けないかもしれない。たぶん、やり残したことを片づけられるかどうかにかかってるんだと思う。ただ、どうすればいいんだろう……。

ぼくは長いことあてもなく歩きまわった。途中《とちゅう》すれちがう人に頭をさげながら。ここへ来てからずっと、トラックにひかれる数分前にエギーに言ったことを悔《く》やんでた。そして心のなかで繰《く》り返してた。よりによってあんなことを言うなんて。あんなばかなことを。人生の最後に人に言った言葉が「ぼくが死んだら、きっと後悔するんだから」だなんて。

だれだってたまに、自分が死んだときのことを想像することがあると思う。ぼくが死んだら、みんなすごくショックを受けて、大声で泣いて、悲しみにくれながら小さなお棺《かん》を墓場まで運んで、ほんとにこの子はいい子だったって言うだろうな、とか。ぼくが時々いたずらやいじわるをしてたとしても。

もしかするとこんなこと考えるのはぼくだけで、ほかの人は考えないのかもしれない。ぼくは夜ベッドで眠《ねむ》りに落ちる前に、このまま二度と目をさまさなかったらどうなるだろうって想像することがあった。みんなはぼくが死んだことを、どんなふうに思って、なにをするだろう、パパやママはどうやってこの悲しい知らせをほかの人に伝えるんだろう、とか。

お葬式《そうしき》の様子やそなえた花や、信じられないって顔をした学校の友だちが思い浮《う》かんだ。ぼくにいじわるしたり、悪口を言った子は、きっとすごく気がとがめて、ほんとに悪かったって思うだろう。いい気味だ。それでなんとなく、その子たちを許せる気になる。

プレハブ小屋の裏でぼくをなぐったジェリー・ドンキンスだって、すごく後悔するだろう。だってもう取り返しがつかないんだから。何か月も何年も、いや一生悔やみつづけるかもしれない。もしかしたら、これがきっかけで小さな子に親切にしたり、貧しい人のために寄付をしたり、道路を渡ろうとするおばあさんに手を貸したり、チャリティ・ウォークに参加したり、毎日いいことをするようになるかもしれない。ぼくにひどいことをした償《つぐな》いとして。大人《おとな》たちはみんな驚《おどろ》いて言う。

「あの図体《ずうたい》のでかい悪ガキのジェリー・ドンキンスは、いったいどうしたっていうんだ？　生まれ変わって聖人になったみたいだ。母親の目をぬすんで、クモの足をもぎとったり、カタツムリに塩をかけたりすることもなくなったなんて」

だれも、ジェリー・ドンキンスが変わった理由を知らない。ぼく以外は。でも、ぼくはだれにも言わない。だって死んでるんだから。だけど死んでからも、ぼくはみんなに影響《えいきょう》を与える。いい影響を与えて、いいお手本になるんだ。

ただ生きてるときの空想のなかでは、ぼくはいつもその場にいた。死んでても、そばでみんなのことを見てた。朝、安らかな表情を浮かべてすっかり冷たくなってるぼくを家族が見つけるのをながめたり、すすり泣く声を聞いたり、家のなかをそっと歩きながら「かわいそうなハリー、あんなにやさしくてすばらしい子だったのに。ハリーみたいな子にはもう二度と会えないわ」って言うのをきいていた。

そして、ぼくを失った家族のことをとてもかわいそうに思ってた。ぼくがいなくて、みんなどうやって生きていくんだろう。悲しみを乗りこえるために、カウンセリングを受けなきゃならないかもしれないし、ビールを飲んで悲しみをまぎらわすかもしれない。

みんなの悲しそうな顔を思うと、ただ想像してるだけなのに、胸がじんと熱くなった。強烈《きょうれつ》なペパーミントキャンディーをなめたときみたい。ヒーローみたいな気分になることもあった。とくにベッドの上じゃなくて、増水した川で溺《おぼ》れかけた赤《あか》ん坊《ぼう》を助けて死ぬみたいな、勇敢《ゆうかん》な死に方だったらね。赤ん坊を抱《だ》いて岸まで泳ぎつく。お母《かあ》さんはお礼の言葉も満足に言えずに泣いている。ぼくは赤ん坊を渡すと力つき、泥《どろ》まみれで死んでいく。その功績をたたえて銅像がたてられ、勲章《くんしょう》ももらう。死んでるから、首にかけることはできないけど。ハトが次々にやってきて、銅像の頭にとまったりするんだ。

自分が死んだらどうなるかって想像するのも、そんな感じなら悪くない。それならあとに残るのはさわやかな悲しみだ。残された人たちがどんなにつらくても、自分はただ穏《おだ》やかで落ちついた気持ちでいられる。少なくともぼくはそう空想してた。だけど、現実はちがった。やり残したことがあるときには、そうはいかない。死んだほうも、すごくつらい。

とにかくぼくは、〈死者の国〉をぶらぶら歩きながら、風景をながめたり、生きている世界に残っている人たちは、ぼくがいなくなって、どうしてるだろうって考えてる。ほかの人とすれちがえば軽く頭を下げ、また考えごとにもどっては、トラックにはねられる数分前にエギーに言ったことを思いだして、ゆううつになる。

出会う人たちはたいてい感じがいいけど、ウグだけは別だ。「こんにちは」ってあいさつしても、返ってくるのは「うぐっ」だけ。だれに対してもウグはそれしか言ったことがない。きっとそれ以外の言葉を知らないんだろう。とにかく、ぼくが頭を下げると、みんなも頭を下げてくれる。そしてまた去っていく。

「こんにちは」ってこっちが言う。

「こんにちは」って相手が返す。

これは同じ言葉を話す国の人同士のときで、ちがうときはただにっこり笑って手を振《ふ》る。

死んだ人ってみんな気さくだけど、これはすごく意外だった。だって生きてたとき、ぼくはホラーが大好きで、ネバネバしたスライム※8が排水口《はいすいこう》から出てきて人間に襲《おそ》いかかったり、悪の世界からやってきた幽霊《ゆうれい》が生きてる人の足をつかんで地獄《じごく》に引きずりこんだりする話をよく読んでたから、みんな怖《こわ》いと思ってた。本の題名は『恐怖《きょうふ》の死者』とか『墓場の悪霊《あくりょう》』とか『不気味なお棺《かん》から現れる殺人鬼《さつじんき》』とか。

だけど、全然そんな感じじゃない。だいたいみんなすごく普通だ。生きてる人の足をつかんで地獄に引きずりこもうなんてだれも思ってない。まあ、変わり者の例外はいるかもしれないけど。ほとんどの人は地獄がどんなものかも知らないはずだ。ぼくも知らない。〈死者の国〉をさんざん歩きまわったけど、地獄なんてどこにもなかった。あるのは、家でも見たような木や生《い》け垣《がき》や原っぱで、たまにベンチがあって、ひと休みして景色がながめられるようになってる。

ほんと、恐怖の死者だの悪霊だのなんて、全然いない。信じられないなら、ずっと前に死んだひいおばあちゃんなんかを想像してもらえばいい。やさしくて、ハエも殺さないような人だったと思う。そんな人が元の世界にもどってきて、生きてる人の足をつかんで地獄に引きずりこもうとするはずがない。

もしもどれたとしても（またまたあとで話すけど、これは絶対無理ってわけじゃないらしい）、せいぜい「ちゃんと暖かい格好《かっこう》をして、マフラーも忘れないようにするのよ」って言うくらいだと思う。だけどそれじゃあ、おっかないホラー小説なんて書けないよね。ひいおばあちゃんが「外は寒いからあったかくして、マフラーと手袋《てぶくろ》もするのよ」って言うためだけにやってきたなんて。とてもじゃないけどホラー映画にはならない。

このまま、ぶらぶらしてるわけにもいかない。ぼくは〈死者の国〉を歩きながら、死ぬってどういうことなんだろうって考えながら、ちょっとでもいいからもどりたい、生きてたときまで時間をもどしたいって思った。人生をすっかり返してくれっていうんじゃない。最後の十分だけでいい。お姉ちゃんに言った言葉を変えたいんだ。「じゃあね、

※8　スライム＝泥やヘドロのようにドロドロしたもの。

エギー。大好きだよ」とか「けんかもしたけど、エギーはほんとにいいお姉ちゃんだったよね」とか、いいことを言いたい。せめてひどい言葉じゃなければいい。なにも言わないんでもいい。とにかく「ぼくが死んだら、きっと後悔するんだから」なんて恐ろしい言葉でなければ。

ぼくはどこにむかっているのかも、行く先があるのかどうかもわからずに、のんびり〈死者の国〉を歩いた。ここは、生きてたときに知ってた世界とはちがう。いなかの散歩にちょっと似てるけど、目的の場所がない。ピクニックするところもないし、どこにもたどり着けない。生きてたときの散歩っていうのは、いつかは終わることがわかってる。だけど〈死者の国〉はちがう。ゴールのない旅だ。ちゃんとした地図はないけど、迷子《まいご》になることもない。だけど自分がどこにいるかもわからない。人を探しても見つからない。アーサーがお母さんを見つけられないように。探すつもりじゃなくても、会えることはある。実際にたどりつける場所はただひとつ、〈彼方《かなた》の青い世界〉だけ。ただ、ぼくはたどりつけない。準備ができてないんだろうな。

とにかく、ぼくはここにいて歩きまわりながら、これからどうしようって考えてる。エギーのことや、ぼくがエギーに言ったことが頭から離《はな》れない。どれくらい歩いてたのかわからない。何分か、何時間か、何日か。ベンチがあったので座ることにした。そこで、夕ぐれの景色をながめ、絶対夜にならない美しい夕焼け空を見つめた。
ベンチに座ると、その後ろに、まぼろしの小さな真鍮製《しんちゅうせい》のプレートがはりつけてあるのに気づいた。生きてるときにも同じようなのを見た。ほら、公園とか町なかとか海岸にあるやつ。だれかが死ぬと、家族がお金を出して、みんなが座れるようにベンチを置くんだ。ベンチには小さな真鍮のプレートがついてて、こんなことが書いてある。

この丘からのながめが大好きだった
ジョージーナをしのんで
（家族より寄贈《きぞう》）

ぼくが座ってるベンチにも、小さな板がついてて、似たようなことが書いてあった。

すべてを捨てて、ここから移っていった
すべての人たちをしのんで
（ぐずぐず待ってる者たちより寄贈）

まず思ったのは、『すべてを捨てて』と『移る』とはどういう意味で、みんなはどこへ行ったんだろうってことだ。すごく不思議だ。

ひとりでベンチに座ってたつもりなのに、気づくとひとりじゃなかった。シルクハットとつぎはぎ服のアーサーがいた。

「よう、元気かい？」

「まあね。お母さんは見つかった？」

「いいや。そうじゃないかって人は何人か見かけたんだけど、近くに行くと、どの人もボタンがちゃんとついてた。母さんには絶対ボタンが足りないからさ。きっと母さんもこのどこかにいて、ぼくが母さんを探してるように、ぼくを探してくれてると思う。ぼくがボタンがないことで母さんだとわかるように、母さんもボタンを持ってることでぼくが息子《むすこ》だってわかるはずさ。それだけがお互いを見つける方法だから」

「だけどアーサー。もしお母さんがここにいなかったら？　もし、その、移っていっちゃってたら？」

アーサーはけげんそうにぼくを見た。なんだか怒ってるみたいだ。

「そんなことない」アーサーは言いはった。「母さんは絶対そんなことしない。ぼくを見つけるのが先だよ。そんなことあるわけない。母さんはここで待ちつづけてるはずだ。ぼくを見つけるまでは」

「うん、だけどもしかして……」

「ないったら」アーサーは、きっぱりと言った。「絶対ない。ぼくも母さんを見つけるまでここを去る気はない」

もうこの話題はおしまい、そんな感じだった。

ぼくもそれ以上なにも言わなかった。だけど心のなかでは、アーサーとお母さんのことや、ぼくとエギーのことや、やり残したことがあってここでさまよっている人たちのことを考えた。それから、ベンチの背中についてた、『すべてを捨て、ここから移っていったすべての人たちをしのんで』と書かれた小さなプレートのことを思った。そのとき少しだけわかったことがある。ここから移っていくには、やり残したことをやりとげるしかない。そうすれば過去にさよならして……。

そのときさっとわかる。

アーサーは急に立ちあがると、目を輝《かがや》かせてにやっと笑った。「なあ、いい考えがあるんだ！　だれかにとりつきに行くんだ！」

「とりつく?」

「そうさ!」アーサーは笑った。「ずっと人探しばかりしてられないよ! ちょっとした気晴らしくらいしないと、ただ死んでたってつまらない」

「けどアーサー、そんなことやっていいの……」

「いいさ! やり方を教えてやるよ!」

アーサーはさっさと歩き出した。

「うん、だけど……」

「早く来いよ!」

「どこに行くかも知らないし、どうやって……それって、もどれるってこと?」

アーサーは足をとめて振りかえった。

「もちろん。やっちゃいけないことにはなってるけど、もどれるんだ。覚えちゃえば簡単さ。行こう」

ぼくも立ちあがったけど、ためらってた。とりつくってアーサーは言った。とりつきに行くのは気が進まない。とりつくって考えがまずいやだ。だけどもどれる。そうだ。ぼくはすごくもどりたい。ぼくなしで、みんながどうやって暮らしてるか、世の中でなにが起きているか、いやせめて、ぼくの家族や学校のことだけでもいいから知りたい。

それでも、まだ迷《まよ》ってた。アーサーはだんだんいらいらしてきた。

「行くなら早くこいよ。でなきゃ、ひとりで行くからさ」

それでも決心がつかない。

「来いったら、ハリー！　なにを怖がってるんだ？　もう死んでるんだろう？　今さらなにも起こりゃしないよ」

「けどアーサー、もしもどったら、つまりむこうに行ったら、あっちの人からすれば、ぼくたちは幽霊ってことになるよね？」

アーサーは声を立てて笑いながら、帽子を手でうしろへ傾《かたむ》けたので、帽子《ぼうし》が落っこちそうになった。

「幽霊！　当たり前じゃないか！　ほかになんだよ？　ぼくたちは死んでるんだぞ」

「うん。わかってる」

当たり前のことだ。どうしようもない。だけどこの〈死者の国〉でほかの人たちと一緒《いっしょ》に死んでるのと、死んだまま〈生者の国〉にもどって幽霊になるのとは話がちがう。

「とにかくぼくは行くよ。行くの？　行かないの？　聞くのはこれで最後だ」

ぼくはまだ決めかねてた。アーサーはぼくに背中をむけて歩きだした。そのとたん、エギーやママやパパや友だち、ぼくが知ってる人たちの顔が次々に浮かんで、どうしてももう一度会いたくなった。みんながいなきゃ生きていけない。死んでることだってできない。すぐにぼくは決心した。アーサーの後を追いながら呼びかけた。

「待って、アーサー。ぼくも行く」

アーサーは立ち止まってぼくを待った。それからふたりで駆《か》けだした。〈生者の国〉を目指して。

3 生者の国——To The Land of the Living

ぼくは、家や人にとりつくようなことは好きじゃないし、悪ふざけも嫌《きら》いだ。そんなのいじわるだし、ばかげてる。

だからって、いたずらがまったく嫌いってわけじゃない。ちょっとぐらいはいいかなって思う。人の後ろにこっそり近づいて、ワッ！　とおどかすくらいなら。ただしおどかしてもいいようなときに。

だけど、いたずらにも限度があると思う。とりつくっていうのは、ばかげてるし、やりすぎみたいな気がする。

たとえば、ソファに座ってテレビを見てたり、ただぼうっとしてるところへ、兄弟がそっと近づいてきて、耳元でワッ！て言ったとする。言われたほうはすごくびっくりするし、飛びあがっちゃうかもしれない。

笑ってすませられることもあるけど、機嫌《きげん》が悪ければ頭にくる。だから、今度むこうがソファでぼうっとしているときに、耳元で紙袋《かみぶくろ》をパンッてつぶしてやろうとか、ズボンのすそからホースをつっこんで、蛇口《じゃぐち》をひねってやろうってひそかに決心したりする。

こういうのはまだかわいい。

だけど宿題の工作をやってる最中に、びっくりさせられたら？　すごく複雑な模型飛行機を作ってて、一番難しい部分を組み立てようってときに、耳元でワッ！　てやられたら？　これは悲惨《ひさん》だ。かなり不愉快《ふゆかい》だと思う。宿題の工作は台なしだし、模型はこわれるし、全然笑えない。

とりつくっていうのは、それくらいまずいことじゃないかって気がする。本で、ポルターガイストがティーカップを割ったとか、その恐怖《きょうふ》で人の髪《かみ》が真っ白になったっていうのを読むと、ほんとばかげたことしてるって思う。そんなことしてなんになる？　意味ないよね。人をからかって、こわがらせて、まぬけ面をながめるなんて、なにがおもしろいんだろう。そんなことしたがるほうがよっぽどまぬけだ。

ぼくは前から、古い家にすみついて、人の耳元でささやいたり、湯たんぽを窓の外へ放《ほう》りだしたりする幽霊《ゆうれい》のことが不思議だった。そういう幽霊って、もしかしたら昔どこかで頭をひどくぶつけたか、でなきゃ、成長が止まっちゃったのかなって思ってた。だって、まだ小さくて、やっていいことや、やってはいけないことを知らない子どものうちなら悪ふざけも許せるけど、そろそろ九百歳になるなんて場合は言い訳は通用しない。

もう悪ふざけなんて卒業して、ビリヤードとか、ボーリングとか、もっとまともなことをすべきだ。

これはあとでわかったことなんだけど、ぼくのその考えは全然ちがってた。生きてる人にとりついておどかしたり、怖《こわ》がらせたりするのは、いたずらや悪ふざけをしてるんじゃなくて、だいたいがあの、やり残したことってやつに関係がある。だから家にとりついたり、幽霊が姿を見せるのも、理由はたいていそれ。ぼくみたいに、幽霊なんだけど、自分も『とりつかれてる』人たちがその正体なんだ。幽霊がなにかにとりつかれるなんてことあるわけないって思うかもしれないけど、ほんとにとりつかれてる人がいる。みんな『過去』にとりつかれてるんだ。自分のしたこと、言ったこと、言わなかったこと、するつもりだったのにしなかったことに。

ぼくはアーサーと一緒《いっしょ》に〈死者の国〉を急いで歩いた。ぼくは、少し前を行くアーサーに遅《おく》れまいとついていきながら、自分に言いきかせた。アーサーはとりつくなんて言ったけど、悪ふざけはしないはずだって。ぼくだってみんなと同じで、ちょっとぐらいふざけて楽しむのは嫌いじゃないけど、悪ふざけはいやだ。悪ふざけって、人の不幸を喜ぶようなとこがあるから。アーサーがいいやつだと信じたい。それもすぐにわかるかな。

アーサーは〈死者の国〉にかなりくわしいみたいだった。ここで過ごした時間を考えれば、当然だ。だって〈生者の国〉の時間で計算すれば、一五〇年はたってるんだから。それだけ長いと、行ってないところなんてないって思うのが普通《ふつう》だ。ところが受付へむかう広い道を急ぎながら、アーサーはきょろきょろして、見覚えのない小道や十字路を見つけると、「ここはまだ通ったことないから、調べなきゃ」とか「あの道に母さんがいるかもしれない。今日こそ見つかるかも」って言った。そしてあの真珠層《しんじゅそう》のボタンをポケットから取りだして、運がむくようにって願かけするみたいに、親指の腹でこすった。アーサーがお母《かあ》さんを思って、ほんとに会えるかなって心配してるのがわかった。

「今日こそ見つかるかも」ってアーサーが言うのを聞くと、変な感じがした。だって、〈死者の国〉には今日も明日《あした》もない。絶対に沈まない金色がかった赤い夕日があって、青いかすみが遠い地平線の上でゆらめいてるだけだ。

受付にむかう途中《とちゅう》、すれちがう人のほとんどが、ぼくたちと反対方向に歩いているのに気づいた。

「アーサー、道をまちがえてない?」

「いや。みんなとはちがうほうにむかってるのさ。まちがってはいない」

アーサーの言ってることがぼくにもわかった。

次々に通りすぎていく人はみんな、ぼくたちとちがってやり残したことがないらしく、穏《おだ》やかで晴れ晴れした顔をしてた。

「みんなどこへ行くの、アーサー？　行くところがあるの？」

アーサーは、こいつほんとにばかかって顔でぼくを見た。だけどすぐに、ぼくがまだ新入りだってことを思いだしたらしく、肩《かた》をすくめて言った。

「〈彼方《かなた》の青い世界〉に決まってるだろう」

「あ、そうか」

ぼくはそれでなにもかも納得って調子で答えた。

「そうだよね。みんな、〈彼方の青い世界〉を目指してるんだ。そうか」

だけどほんとは、アーサーがなんのことを言ってるのか、それがどういう意味か、まるでわからなかった。

ほんとはそのとき、すごく知りたかったんだ。というか、〈彼方の青い世界〉にいくって、どういうことなのかわかりかけているのかもしれない。この話をしながら、ていうか、考えながらね。だから、だれかがぼくの話を聞いててくれたら、とてもうれしい。そううまくいえないけど、そうとしかいえない。頭のなかで考えてるだけなんだけど、それが同時に、ラジオ局の電波みたいにいろんなところに送られる。だから、だれかがぼくの声を拾ってくれる受信機を持っててくれればって思う。

死んでから、考える時間がたっぷりできたし、それと同じくらい考えることもいっぱいできた。生きることについても考えたし、今までは当たり前だと思ってたことについても考えた。これまでは不思議に思わなかったことも、今では、ほんとにそうなんだろうかって思うようになった。

たとえば、本とか物語ってどこから来ると思う？　ある本の作者がこう言ったとする。「アイデアが浮《う》かんだんだ。突然《とつぜん》すごいアイデアが。パッとひらめいた。これは天の恵みだ。この物語はひとりでに生まれたんだ」

そういう人って時々いる。たしかにそのとおりなんだと思う。「パッとひらめいた」ってことを素直に信じているんだろう。

だけど、どこからともなくアイデアがパッとひらめく、なんてことはあるわけないって思う。なにもないところからはなにも生まれない。どこかから、なにかが生まれるんだ。そういうアイデアのなかには、ぼくみたいな〈死者の国〉にいる人たちが伝えたものもあるんじゃないかな。ぼくみたいに、話したいことがあるけど、自分ではもう、話すことも、ペンを持つことも、キーボードをたたくこともできない人たちが伝えたいものが。
そういう人たちは、代わりに話を伝えてくれる人が必要だ。そこで、がまん強く聞いてくれる人に、自分の話が届くように、電波のようなもので発信するんだ。届く相手は女の人かもしれないし、男の人かもしれない。女の子かもしれないし、男の子かもしれない。それはわからない。だけどそんなことは問題じゃない。大切なのは、なにを伝えるかってことだ。

生きてたとき、ぼくはそのへんのことをずっと知りたいと思ってた。幽霊がなにかを伝えに来るとしたら、「ノーマンおじさんがよろしくって」とか「ベリル大おばさんが、ほかのことは大目に見るから、インコにえさをやるのだけは忘れないでおくれって」なんてことしか言わないのはつまらない。だって、そんなこと別に聞きたくないもん。それよりどうせなら、死んでからのことを教えてほしい。どうしてだれも教えてくれないんだろう。〈死者の国〉っていうのがあって、受付に男の人がいて、絶対に沈《しず》まない太陽や、〈彼方の青い世界〉があるって話をしてくれないんだろう?

霊媒師《れいばいし》や予言者や占《うらな》い師《し》って、作り話をしてるだけなんじゃないかって、たまに思う。

受付が近づいてきた。その先には、ぼくたちが元いた場所、〈生者の国〉につながる道があった。受付の長い列はさらにのびて、受付の男の人はあいかわらずげんなりして、うんざりした顔をしてた。

「名前！」

次の人の順番になるたびに、声を張りあげる。

「住所。緊急《きんきゅう》連絡先」

「緊急連絡先ってどういう意味です？」言われた女の人が聞いた。「わたしは死んでるんです。緊急事態はとっくにすんでますよ」

受付の男の人が相手をにらんだ。

「規則は規則だ。書類仕事は書類仕事。コンピュータはもちろんコンピュータ」

「ばかげた規則ね」女の人は言った。「ばかげた書類仕事に、ばかげたコンピュータ」

「規則を作ったのはわたしじゃない。やれと言われてやっているだけだ」

「それなら、あなたは大ばかね」

その女の人は、生きてたとき、学校の先生か校長先生だったのかもしれない。

「あのなあ……」

受付の男の人がしゃべりだしたけど、聞こえたのはそこまでだった。

「今だ！」ってアーサーが言った。「あいつが気を取られてるうちに、早く！」

駆《か》けだしたアーサーのあとを追って、受付のわきを抜《ぬ》け、順番を待つ人の列にそって走った。

受付の男の人は気づいたらしく、後ろから叫《さけ》ぶ声が聞こえた。

「おい、そこのふたり！　こら、ぼうず！　どこへ行く？　そっちはちがう！　もどれ！」

ぼくたちは、かまわず走りつづけた。

「早く」アーサーが言った。「こっちだ、ハリー。大丈夫《だいじょうぶ》、あいつは追いかけてこられない。受付を離《はな》れちゃいけないことになってるんだ」

「とめてくれ！」受付の男の人が叫んでる。「だれか、そこの子どもたちを止めてくれ」

だれも動こうとはしなかった。みんなひどくぼんやりして、わけもわからず戸惑《とまど》ってる。どの人もぼくたちを不思議そうに見るだけで、止めようともしなかった。止められるはずない。だって、まだ死んでからせいぜい数分しかたってない人もいて、面くらっちゃって、なにが起こってるのかわかってないんだから。

死んだことに気づいたときって、なにを考えると思う？　頭のなかをなにが駆けめぐると思う？　まず「ここはどこ？」って考える。それからあたりを見まわして、受付へつづく長い列に並んでることに気づき、なぜか突然、死んだんだってわかる。ちょうどお腹《なか》がすいたとか、喉《のど》がかわいたってわかるように、あっさりとわかる。

なかにはぼんやりしたまま、すぐには理解できない人もいて、立ったままこう言う。

「ここはどこだ？　なにが起こったんだ？」

そんなときはたいてい、列に並んでる人が教えてくれる。

「死んだんだ。運がつきたんだよ。時間を使い果たしたんだ。だけど心配しなくていい。ここにいる人はみんな死んでるんだから。みんな同じボートに乗ってるんだ」

そこからが、第二段階。疑いの段階だ。「死んだ？　ぼくが？　嘘《うそ》だ。そんなはずないよ、絶対に。宿題だって終わってないのに」とか、「ネコを外に出してやってないのに」とか、「ポテトをオーブンに入れたばかりなのに！」とか「ブタの貯金箱に入ってるお金はどうなっちゃうの？」とか。

言っとくけど、お金の心配ほどばかげたことはない。「あの世へは持っていけない」んだし。よく言うじゃない。

「金がすべてじゃない。もちろん、いざってときのために少しは取っておくべきだ。だが貯《た》めこむことになんの意味がある？　金はあの世へは持っていけないんだから」

だけど、ほんとはそれだけじゃない。問題は、あの世に持っていけないってことじゃなくて、たとえ持ってこられたとしても、使い道がないってことなんだ。店なんてほとんどないんだから。というか、一軒《いっけん》もない。

とにかく、これが第二段階。「ぼくが？　死んだ？　信じられない」第三段階では、死んだことにだんだん慣れてくる。そして第四段階では、しばらくぶらぶら歩きまわって、自分の人生を振《ふ》りかえりながら、心のなかでみんなにお別れを言う。それができれば、やっと気持ちが落ちついて、〈彼方の青い世界〉にむかうことになる。

だけど、たまに途中の段階でつっかえる人もいる。ぼくやアーサーや原始人のウグみたいに、なにか気にかかってる人は次に進めない。何度も言ったけど、そういう人はみんなやり残したことがある。

この「やり残したこと」が問題なんだ。

ぼくたちは、受付で登録を待つ人々の長い列にそって走った。

「おい！　おまえたち！」受付の男の人がまた叫んだ。「もどれ！　ここぞ逃《に》げだして、面倒《めんどう》を起こすんじゃない。おい！　そこのふたり！」

そのときにはもう、声は届いても姿は見えないところまで来ていて、受付の男の人にはどうすることもできなかった。

アーサーが目の前を走ってた。古めかしいコートのすそをひらひらさせ、頭から帽子《ぼうし》が落ちないように、両手でつばをつかんでる。走りやすい格好じゃないのに、スピードは速くて、ぼくはついていくのがやっとだった。あんまり夢中で走ってたから、崖《がけ》が目に入らなかったくらいだ。アーサーも先に教えといてくれなかったし。それまで、受付を待つ人の列のそばを走ってたのに、角を曲がった瞬間《しゅんかん》、目の前にはなにもなかった。ほんとになんにも。生きてたときに思う『なにもない』とはちがう。することがなにもないとか、見たいテレビ番組がなにもないとかとはちがう。完全に『無』ってこと。崖だけがあって、その先は、無の世界。光も、闇《やみ》も、なにもなかった。

止まる余裕《よゆう》はなかった。止まろうとすることさえできなかった。ただ角を曲がったとたん、空間に飛びこみ、広大な『無』のなかを落ちていった。ぼくはありったけの声で叫んだ。

「助けて！　だれか、助けて！　死んじゃう！」

わかってるよ、ばかだって。だけどぼくはこう言った。

「助けて！　死んじゃう！」

そのときは気づかなかったんだ。もう死んでるんだから死ぬはずがないってことに。死んでると、たまにはいいことがある。悪いことばかりじゃない。なんたって一回ですむしね。顔を洗ったり、注射されたり、ピアノの練習をしたり、そういう何度もしなきゃいけないこととちがって、一度死ねば、もう二度と死ぬ心配をしなくていい。それって考えようによっては、かなり気楽だよね？

「助けて！」ぼくはまた叫んだ。「助けて！　アーサー！　助けて！」

それから目を閉じて、なにかにぶつかるだろうって身がまえた。

一瞬《いっしゅん》あたりがしんとなった。落ちていくときの風を切る音もしない。そのあと笑い声が聞こえた気がした。

まだ怖くて、両目は開けられなかったけど、がんばって片目を半分開けた。そろそろ来る。すぐになにかにぶつかるだろう。大きな、いやな音をたてて、つぶれちゃう。自分はもう痛い思いもしないってことを忘れてた。

また笑い声がした。だけど、ぼくが想像したのとはちがってた。太く響《ひび》きわたる悪魔《あくま》の笑い声なんかじゃなかった。地獄《じごく》の穴に飛びこんだわけじゃない。そんな気がしてたけど、ちがう。底ぬけに明るい笑い声。アーサーの笑い声だった。生きていることの喜びにあふれているような、いや、死んでいることの喜びにあふれているような、とにかく明るい笑い声だった。

ぼくたちは落ちているんじゃなかった。

飛んでた。

以前ぼくたちが住んでた世界がずっと下のほうに見える。ぼくたちは鳥みたいに自由にその上を飛んでた。今までにどっちの世界でも味わったことのない、最高の気分だった。

4　下の世界——Back Down

世界を初めて見るのは、変な感じがする。この感じは、死んでみないと絶対にわからない。

死ななくったって、そのくらいわかるさ、という人がいるかもしれない。

「赤ちゃんは、そうだろ？　赤ちゃんにとってこの世界は新しい世界だ。だれでも生まれて初めて目をあけたときは、なにもかも新鮮《しんせん》に映るはずじゃないか」

だけど、それとはちがう。赤《あか》ん坊《ぼう》はなにも理解することができないし、見ているものがなにかも知らない。人の顔を見て、「ほうら、いい子いい子」とか「いないいないばあ！」って言われても、なんのことかさっぱりわからない。

それに生まれて三〇秒ぐらいじゃ、ベビーベッドやおむつのことはもちろん、顔がなんなのかも、いい景色《けしき》がどんなものかも知らない。だから「いい子」や「いないいないばあ」なんて、まるっきりわからないんだ。

とにかくぼくが言いたいのは、人間はこの世界をあるがままの姿で見ることができないってことだ。ＵＦＯで飛んできたみたいに、地球を見るのは無理だ。ブーン！　あっ、あれが地球だ、なんて初めての場所みたいに見ることはできない。

とにかく、すばらしいながめだった。アーサーとぼくは、ワシやタカが高い山から低いところへ舞《ま》いおりるみたいに、勢いよくおりていった。

ただ、飛んでいるときも、なんだか離《はな》れているような感じがした。わかってもらえるかな。親せきで言うと、またいとこって感じ。なんだか遠いんだ。またいとこって親せきなのに会ったことがなかったりして遠い存在でしょ？　自分はちゃんとそのなかにいて、そこで起こっていることが全部見えているのに、どうしても触《ふ》れることができない。水そうのなかから外の世界をながめる金魚みたいな気分かもしれない。

ぼくたちは、雲をつき抜《ぬ》けておりていった。

「すごいね、アーサー！」

ぼくが大声で呼びかけると、アーサーは宙返りでこたえた。ぼくもすぐにこつを覚えた。

「どこ行くの？」

ぼくは聞いた。

「いいからついて来いよ。思いきり遊ぼう」

さらにおりていくと、そのうち見慣れた建物が目に入った。教会の塔《とう》や高層ビルの屋上、鉄塔のある広場、そして街のネオンサイン。明かりは一日中ついてるけど、ほんとに生き生きするのは夜になってからだ。

そういう意味では、ぼくもアーサーも夜の生き物って感じだ。よくホラー小説なんかに出てくる闇《やみ》の生き物かな。

えーっ、このおとなしいぼくが恐《おそ》ろしい闇の生き物？

そう思うとちょっぴりうれしくなって、笑えてきちゃった。いろんなことを、ちっともわかってなかったってことがわかってきた。だってこのぼくが人をおどかすなんてことすると思う？　ガチョウやアヒルや七面鳥にだってワッて言えないこのぼくが！

街のほうへむかった。地上で車の音がしてたけど、厚い窓ガラスで隔《へだ》てられてるみたいに、かすかなくぐもった音しか聞こえてこない。現実の世界全部がそんな調子だった。透明《とうめい》の壁《かべ》にさえぎられて、見ることはできても、その壁を通り抜けることはできない。なにもできないし、なにかを起こすこともできない。少なくとも、ぼくにはそんな気がした。ただそれは少しだけちがってたんだけど。

「こっちだ」アーサーが言った。「大当たりを出そう」

「大当たり?」ぼくは聞いた。「なにそれ?」

「すぐにわかるよ。行こう」

アーサーのあとをついて行った。ビルのてっぺんあたりまでおりてきて、立ち並ぶ高層ビルや大きいホテルやデパートの最上階の前を飛んでいく。

「こんちは!」

アーサーが窓の外から呼びかけた。なかに男の人がひとりいて、ばかでかい机にむかって座ってた。すっごく広い机で、卓球《たっきゅう》はもちろん、五対五のサッカーでもできそうだ。部屋《へや》も広いし大きな机もあるから、その人はすごく偉《えら》そうに見えたけど、ずいぶん汚《きたな》いことをしてた。鼻に指をつっこんでたんだ。ほんと、オエッて感じ。

アーサーはその窓に近づいて、なかをのぞいた。

「こんちは、ハゲのおっさん!」

アーサーは大声で言った。たしかにその人の頭のてっぺんは薄《うす》くなりかけてた。

「ぼくたち見てるんだけどな!」

そう言うとアーサーは、ぼくが今までに見たなかで一番変な顔をしてみせた。これまでもそういう顔にはたくさんお目にかかった。学校でよく、変な顔コンテストをやってたから。ぼくはしょっちゅう優勝してたんだ。

「おおい、行儀《ぎょうぎ》悪いぞ！」

アーサーは親指を鼻にあて、残りの指先を振《ふ》ってからかった。だけど男の人は気がつかないで、あいかわらず指を鼻につっこんでた。むこうにしてみれば、ぼくたちはいないんだ。

男の人はドアにノックの音が響《ひび》くと、あわてて書類仕事で忙《いそが》しいふりを始め、「どうぞ」と言った。別の男の人が入ってきて書類を差しだすと、部屋にいた男の人はそれにサインをして、しばらく偉そうにしてたけど、ひとりになると、今度はノートに落書きを始めた。退屈《たいくつ》なときによく書くような、いたずら書きや、マッチ棒を並べたような人の絵だ。きっとこの人は大した人物じゃない。だって、書類にサインして、落書きして、五時に家に帰るのを待つことしかすることがないんだから。

「ぼくたちが見えないんだね、アーサー」

ぼくはなかを見つめたまま言った。

「もちろんそうさ。ぼくたちは幽霊《ゆうれい》だから。幽霊は見えないもんだろう？　さあ、大当たりを出しに行こう。こっちだ」

ぼくたちが行こうとしたとき、後ろから声がした。

「こんにちは。元気？」

振りかえると、とてもきれいな女の人が後ろを飛んでた。若くて、そんなに昔風じゃない。ぼくほど新しくはなさそうだけど、アーサーほど古くもない。そのあいだくらい。とにかく最近の人だ。

「こんにちは、トゥルーリーさん。お元気ですか?」

「まあまあよ、アーサー。文句は言えないわ。わたしよりひどい人だっていっぱいいるんだから」

女の人がだれのことを言ってるのか、全然わからなかったけど、ぼくはただ黙《だま》って、その人が大聖堂の窓に飛んでいってなかに入るのをながめた。

「今の人、だれ?」

「トゥルーリーさんだよ」

「トゥルーリーさんって、だれ?」

「知らない。ぼくも、名前しか知らないんだ」

「あの人はなにをやり残したの?」ぼくは聞いた。

「さあ。真実の愛とかってやつじゃないか。やり残したことって、愛にまつわることが多いから。さあ行こう」

ぼくは通りにおりていくアーサーのあとにつづいた。アーサーは角を曲がると、〈ゴールデン・アーケード、街一番の人気スロット〉って書いてある建物にすっと入っていった。いつもママが、お金と時間のむだだから行っちゃだめよって言ってたようなところだ。

なかに入るとアーサーは、だれかスロットマシン[※9]で遊んでないか、あたりを見回した。おじいさんがひとりいて、紙コップに入ったコインを、ちかちか光るマシンに一枚ずつ入れていた。ちょっとさびしそうに見えた。スロットマシンだけが友だちって感じだ。果物《くだもの》の絵が並んだマシンは次々に「当たり」や「大当たり」が出そうな感じで、おじいさんも大当たりを出せば年金を増やせただろうけど、ちっとも当たりが出てないようだった。

大当たりを出すには、イチゴを四つ、横に並べなきゃいけない。確率はかなり低そうだ。ぼくたちが見てる前で、おじいさんは最後のコインをマシンに入れてレバーを引いた。

「ほら、いいかい」

アーサーが言った。

アーサーは回転している果物の絵のリールを見つめた。少し顔をしかめ、神経を集中

※9　スロットマシン＝円筒を回転させ、止めたときの絵柄が同じだと大当たりとなるゲーム。

して、ぐるぐる回ってる小さなイチゴやオレンジやココナッツを一心に見つめてる。

ガチャッ！

リールのひとつが止まった。イチゴだ。

アーサーはにこっとすると、また神経を集中した。

カシャッ！

次のリールが止まった。またイチゴだ。

マシンを見つめるおじいさんの疲《つか》れた目には、なんの望みも期待も浮《う》かんでない。イチゴふたつなら前にも出た、なんてことないって顔だ。

ガチャッカシャッ！

またイチゴ、これで三つだ。

ガシャッ！

最後のひとつ。四つ。四つのイチゴが並んだ！　一瞬《いっしゅん》、静かになったかと思うと、スロットマシンが大きなしゃっくりをするみたいにゆれだし、コインが滝《たき》のように流れでた。コインはマシンのトレイからあふれて、床《ゆか》にこぼれた。

おじいさんは大喜びでコインに飛びついた。

「やった！　大当たりだ！」

ゲームセンターの店長は、両替《りょうがえ》コーナーのなかで少しだけ笑みを浮かべて、せいいっぱい、おめでとうという顔をしてみせたけど、ほんとは喜んでないのがわかった。

おじいさんはコインを集めて、ポケットが破れそうになるくらいつめこんだ。

これからパブに行ってビールとポークパイでお祝いだ、って感じで店を出るように見えた。

だけどおじいさんはドアにむかう途中《とちゅう》で立ち止まり、別のスロットマシンにコインを入れた。

「つきを試してみるか」

おじいさんは言った。

今度もアーサーは眉《まゆ》をよせてマシンを見つめ、神経を集中し始めた。

さっきのとは少しちがうマシンで、当たりはイチゴじゃなくて、銀の星の絵だった。

おじいさんがスタートボタンを押した。

カシャカシャ、カシャン、カシャカシャ、カシャン、カシャカシャ、カシャン、カシャカシャ、カシャン。

見事に銀の星が四つ、横に並んだ。また山のようなコインがマシンから流れでた。おじいさんは大喜びで、ほんとに踊《おど》ってた。それから、コインを入れる手さげ袋《ぶくろ》を借りようとしたら、店長はひどく不機嫌《ふきげん》な顔で、これ以上ほかのマシンで当たりを出されたらたまらないって言わんばかりに、おじいさんを店の外に追いだした。

「悪いが、早じまいだ！」

「だが、今日はついてる気がするんだ」おじいさんは不満そうに言った。「勝ちつづけてる。ここでやめるわけにいかない」

「だったら、よそへ行ってかせいでくれ。うちはお断りだ。これ以上は払えない」

店長はドアを閉めると、鍵《かぎ》をかけ、窓に下げてある札を裏がえした。

アーサーは笑ってた。たぶん全部アーサーのしわざだ。

「アーサー！」

ぼくは口を大きく開けたけど、小声で言った。幽霊以外には聞こえるはずないってことを忘れてた。

「アーサー！　さっきの全部きみがやったの？」

「もちろん。気持ちを集中すれば簡単さ」

店長はイチゴのスロットマシンの裏板をはずし、ドライバーでなかをいじってた。

「どうなってんだ、まったく」店長はぶつぶつ言った。「なんで大当たりなんか出たんだ？　出ないようにしてあったのに」

「アーサー、まずいことになる前に、ここから出たほうがいいんじゃない？」

「ぼくがやったなんてわかりっこない。機械がいきなり故障したのかなって思うさ」

アーサーは絶対大丈夫って顔をした。

たしかに、店長に同情する気にはなれなかった。いい気味だ。かわいそうなのはおじいさんのほうだ。

アーサーは幽霊っぽく、閉まっているドアを通り抜けた。ぼくもつづいて通りに出た。

「ハリー、次はどこへ行く？　行きたいとこ、ある？」

そのとき、行きたいところがパッと浮かんだ。当たり前だと思う。いつかはそのことを考えただろうから。だれだって行きたいと思うに決まってる。行きたいと思わない人なんているはずがない。

「あるよ、アーサー。ぼくの家を見に行きたいんだ。ママとパパがどんな様子か、それにエギーとネコのオルトと……」

アーサーは気が乗らないようだった。

「どうかな、ハリー。あまり勧《すす》めないよ。ぼくも初めてここに来たときやってみたんだ。知り合いの顔を見たり、なつかしい場所に行ったり……」

「ぼくが通ってた学校にも行こうよ、アーサー！　ぼくの教室を見せたげるよ。それにぼくの席も。そのままにしてあるはず。花とか思い出の物で飾《かざ》ってあったりして。きっとそうだ」

「ハリー」

アーサーがなにか言おうとしたけど、ぼくは頭がいっぱいで、聞こうともしなかった。

「そうだ！　ぼくの家を見にいこう。それからぼくの家族や学校も。ぼくがいつも通ってる、じゃなかった、通ってた公園も見せたげるよ。週末にサッカーなんかしてたんだよ。自転車を乗りまわしてたところや、事故があった場所にも行こう。近所のプールも。よく泳ぎに行ってたんだ……」

「いや、ハリー。それはあんまり……」

そのときにはもう、ぼくを止められるものなんてなにもなかった。

「アーサー、行こうよこれから。お姉《ねえ》ちゃんのエギーを紹介《しょうかい》するよ。エギーっていうのはほんとの名前じゃなくて、ほんとはエグランティーンっていうんだ。花の名前だったかな。とにかく植物かなんかさ。きっと、気に入ると思う。けっこういいやつなんだ。そりゃあ、けんかもするけど、きょうだいなら当たり前だしね、アーサー……」

「なあ、ハリー」

アーサーが言いかけたけど、ぼくはもうだれの言うことも耳に入らなくなってた。行くと決めてたし、そのことしか考えてなかった。とにかく、なつかしい場所に行って、もう一度ママとパパとエギーに会わなきゃ。それに友だちにも。ぼくがいなくなって、みんなどうしてるか確かめないと。なにがあろうと、絶対に行かなきゃ。

「行こうよ、アーサー。まずは学校だ!」

学校って言ったのは、大聖堂の時計を見て、この時間に家に行っても、だれも帰ってきてないってわかったから。エギーは学校だし(女子校でぼくとはちがうところに通ってる)ママとパパはふたりとも仕事に行ってて、しばらくは帰ってこない。

「ハリー、待てよ!」

アーサーの声が聞こえたけど、ぼくはものすごいスピードで、学校の校庭らしい、北に見えてる緑の一角にむかってた。

「待てったら。そんな単純じゃないんだ。先に知っといたほうがいいことがあるんだ。ハリー、知っとかなくちゃ。待てよ!」

でも、ぼくはだれのことも待てる状態じゃなかった。気持ちは決まってたし、一度こうと決めた以上、地震《じしん》ふたつとでっかいハリケーンでも来ないかぎり、やめる気はなかった。

「待てよ、ハリー、待てって!」

アーサーが大声で呼んだけど、ぼくはスピードを落とさなかった。まるで水切[※10]の石が泡《あわ》立つ波の上をかすめるみたいに、建物の間や車の走る通りの上を飛んだ。

「待てよ、ハリー！　待つんだ！　待てったら！」

アーサーの声ははるか後ろへ遠ざかった。ぼくは待つ気にはなれなかった。たとえ悪《あく》魔《ま》に呼ばれても。だけど悪魔ってなに者なんだろう？　どこにいるんだ？　どうしてまだ会わないんだろう？　ほんとはいないのかな？

そのとき飛びながら、悪魔なんていないんじゃないかってぼくは思った。きっと、責任をなすりつけたり、小さい子どもをしかっておどかすために、人間が作ったんだ。ほんとは悪魔なんていないのに、考えだしちゃったんだ。悪魔も恐怖《きょうふ》も不安も、ワッておどかす幽霊も、洋服ダンスの怪物《かいぶつ》もみんな、人間が自分で勝手に作りあげたものなんだ。

5 学校―― School

ぼくは校門の上に浮《う》かんだまま、アーサーを待った。アーサーはなにかで時間をくってるのか、なかなか来ない。ぼくは門柱の上に飾《かざ》ってある大きなコンクリートの球の上に座った。疲《つか》れてたからじゃない。死ぬと疲れることはないんだ。死ぬほど疲れるなんてこと、もちろんない。おなかもすかないし、喉《のど》もかわかないし、なにも感じない。体はどこもなにも感じない。だけど感情はまだ残ってる。うれしいとか、悲しいとか、さみしいとか感じるし、後悔《こうかい》したり、自分を責めたりもする。笑うことだってできる。

ぼくがコンクリートの球の上に腰《こし》かけてたのは、休みたかったからじゃなくて、かっこつけたかったからなんだ。校門の上に座るなんてすごくクールだし、死んで長いから、もうこんなこと慣れっこさって感じにも見える。たぶんぼくはアーサーに見せたかったんだと思う。ぼくも死んだ人間らしくなってきて、こつもすっかりつかんだし、なんてことないよってところを。

※10　水面をはじいて飛んでいくように、水面ぎりぎりに小石を水平に投げること。

門柱の球の上に座ってアーサーが来るのを待ちながら、スロットマシンのことを考えた。アーサーはどうやったんだろう？　まるで、意志の力だけでやったって感じだった。ぼくにもあんな力があるんだろうか？　そうだ、ためしてみよう。

道のむこう側に、大きなカエデの木があった。かなり年を取っていそうな、ほんとに大きくて古い木だ。あんまり大きくて、今にも根っこがもりあがって舗道《ほどう》にひびが入っちゃいそうだった。市から係の人が定期的に伸《の》びた枝を刈《か》りに来てるみたいで、最近どのへんを刈ったのかがすぐわかる。刈る決まりになってるのかもしれないけど、なんだかかっこ悪い。下手《へた》な床屋《とこや》で髪《かみ》を切ったみたいになってて、木も代金を返せって思ってるかもしれない。

木を見てるうちに、ふと秋になってることに気づいた。葉っぱはほとんど落ちて、舗道で踏《ふ》まれて、ぐしゃぐしゃになってる。

初めはそれほど深く考えなかったけど、そのうちはっと気づいた。トラックにはねられてから、もう何週間もたってるんだ。だって、あの事故は夏の終わりか秋の初めで、秋だったとしても、まだ夏みたいに暑いころだった。学校が始まって二週間ぐらいしかたってなかった。今はもうぼくたち、じゃなかった、みんなは冬を迎《むか》えようとしてる。

そんなに時間がたってたなんて思いもよらなかった。だってぼくにとっては、事故は起きたばかりで、せいぜい数時間か、数分前って言ってもいいくらいだったから。どうして知らないうちに何週間も過ぎてるんだろう？　そんなたくさんの時間、どこに消えちゃったんだ？　そのあいだに起こったことをぼくは見逃《みのが》したってことだ。学校では新しい授業が始まって、サッカーも次のシーズンに入ってるけど、チームにぼくはいない。きっとさんざんな年になるな。まちがいない。だって、最強のミッドフィールダー[※11]、つまりぼくが欠けてるんだから。どうやってぼくの代わりを埋《う》めるんだろう？　たぶん無理だろうな。もしかするとサッカーはあきらめちゃったかもしれない。

そのとき、みんなが大声で呼びあう声やボールをける音が、校舎のむこう側にある校庭から聞こえてきた。ぼくがいなくても、サッカーをやってる。まだやってるんだ、ぼくなしで。

胸が痛くて変な感じだった。なんていうか、悲しいのと、ぼくもやりたい、もう一度生きたいっていう思いだったんだと思う。だけど、それもすぐに消えた。だいたいぼくは壁《かべ》にぶつかってもめげないで、前向きに考えるってタイプだから。「文句を言っても始まらない」し、「人間なんでも気の持ちよう」だし。だからできるだけいいほうに考えようとするんだ。いやなことを、いやだと思いながらやらなくちゃいけないなんて最

※11　ミッドフィールダー＝競技場の真ん中あたりでプレーする選手。

低だもん。

　また木のほうを見ると、上のほうの枝に一枚だけ葉が残ってた。アーサーが意志の力だけでスロットマシンにイチゴを四つ並べられるんなら、ぼくだって、あの葉っぱくらい落とせるはずだ。

　ぼくは、気持ちをその葉にむけた。

　葉っぱをじっと見つめ、虫メガネで太陽の光を集めるみたいに、神経を集中する。やったことがあればわかると思うけど、虫メガネを使って光を一点に集中させると、すごく熱くなって紙に穴が開く。木だって無理じゃない。

「おまえは、レンズだ」って自分に言い聞かせた。「おまえの思いは太陽の光。あの葉っぱは紙だ」

　葉を見つめながら、体がぐらつかないように気をつけた。虫メガネを動かないようにするのと同じように。

「落ちろ」ぼくは念じた。「落ちろ、落ちろ、落ちろ！」

　だけど、なにも起きなかった。

　それでもあきらめずに、念じつづけた。なにごとも精神力だ。アーサーにできるなら、ぼくにだってできる。ぼくだってアーサーと同じ、死んだ人間なんだから。ただ、アーサーのほうがちょっと先輩《せんぱい》だけど。つまり、ぼくより長く死んでるってこと。でも長いからって、上手とは限らない。頭が鈍《にぶ》くなって、うまくいかなくなるかもしれないし。意外と死んだばかりのほうが、新しい見方や方法を発見するかも。

それに、死んでる人間に差なんてあるのかなあ。国語の時間に勉強する、比較級や最上級に当たる言葉なんてあったっけ？　死んでる、もっと死んでる、最高に死んでる、とか。そんなの授業でやった覚えがない。

だから、死んでるってことでは、ぼくとアーサーは同じだ。それにこれは比較するようなものじゃない。死んでるか、死んでないか、どっちかだ。よくわかんないけど、燻《くん》製《せい》の魚かそうじゃないかっていうのと同じかな。半分だけ燻製なんてないし、なんとなく燻製なんてのもない。火曜日だけは燻製ニシンだけど、ほかの日はいつもバナナなんてこともないし。ぼくはそう考えた。アーサーにできるなら、ぼくにだってできる。

「落ちろ」　葉を見つめながら念じた。「落ちろ、落ちろ！　落ちろってば」

だけど葉っぱは、接着剤《せっちゃくざい》ではりつけたみたいに枝から離《はな》れない。

「落ちろ！」　ぼくは念じつづけた。「落ちろ、落ちろ！」　そして全神経を小さな一点に集めて、それを葉っぱのつけ根にむけた。

「落ちろ。落ちろ！」

そのとき葉っぱが、強い風に引っぱられたかのように動いた。枝もゆれていた。たしかにその日は風が強くて、雲が風に流されているのが見えた。ぼくはもう、生きてたときみたいに、顔に風を感じることはできないけど。

さわやかな風を顔に感じるって、すてきだと思う。ぼくは今、それを感じたくてたまらない。おかしいけど、生きてるときは、そういうささいなことって当たり前だと思って気にしない。だけど、今はそれができなくてすごくさみしい。思ってた以上にさみしい。生きてるときに、もしそういうアンケートがあったり、『死んで一番恋《こい》しいもの』なんて題の作文を書いてたりしたら、「顔に風を感じること」とは絶対書かなかったと思う。ママとかパパとか、友だちとかお姉《ねえ》ちゃんとか、ふだんよくやってたこととか、サッカー、テレビ、コンピュータなんかを書いたと思う。

顔にあたる風なんて、思いつきもしなかっただろう。

葉が風に激しくゆれて、自転車の車輪にからまった紙切れみたいな音を立てた。

「落ちろ」ぼくは念じた。「落ちろっ！」

葉の動きが激しくなった。ぼくの力なのか、風のせいなのか、よくわからない。もしかしたら、その両方だったのかもしれない。葉がいきなり枝から離れ、舗道に舞《ま》い落ちた。そのうちほかの葉と同じように、だれかに踏まれてくしゃくしゃになってしまうだろう。

ぼくはちょっとショックだった。できないと思ってたことが、ようやくできたときってそうなるよね。ぼくがやった？　ぼくが？　それとも風のせい？　もう一回ほかのものでためしてみようか……。

そのとき、ぼくを呼ぶ声が聞こえた。

「よう、ハリー。なにしてるんだい？　夢でも見てるのか？　心ここにあらずって顔だな」

気づくとアーサーが、もうひとつの門柱のコンクリートの球の上に座ってた。

ぼくはまっ赤になった。というか、赤くなるための血があれば、赤くなってたはずだ。

「なんでもないよ。なにもしてない。ちょっと考えごとしてただけだよ」

アーサーは座ってた場所から、ぼくの隣《となり》へ軽々と飛び移った。

「なあ、ハリー。言っとかなきゃならないことがあるんだ。注意しとくことがさ」

「なに？」

ぼくは、自分のすごい力をもう一度ためそうと、ほかの葉っぱを探しながら、上の空で聞いてた。

「ここがきみの学校かい?」

後ろにある建物を親指で示しながら、アーサーが言った。

「そうだよ。一緒《いっしょ》に入ろうよ、アーサー」ぼくは誘《さそ》った。「案内するからさ。ぼくのクラスとか、友だちとか……」

「いや、いいよ。どっちみちきみはなかに入るんだろうけど」

「でも」断られて、ぼくはちょっとむっとして戸惑《とまど》った。「おもしろいよ、きっと。きみが学校に行ってたころとは、すっかり変わっちゃってるから」

「そんなことないさ。そんなに変わってないよ。それに、ぼくはあんまり学校に行ったことないし」

「ほんとに変わったんだって」

「いや、どうかな。だいたい読み書きと算数だろう。想像がつくよ。一五〇年前にもあった。たいして変わってないよ」

「けどさ、コンピュータ室だってあるんだよ。コンピュータはなかったでしょ?」

「まあね。そんなものはなかったけど、けっこういい道具はあったんだ。電気を使わない機械みたいなやつで、便利だった。それに、時々ここまでおりてきて、物事がどう変わってるか見てるから、最近の流行《はやり》も知ってる。おかげでコンピュータも見たよ。たいしたことなかったたな。今じゃ〈死者の国〉にも一台あるけど、あんまり役にたってないし。いまだに母さんを見つけられないんだから」

ぼくはすごくがっかりした。アーサーのことを、いなかに住んでるいとこみたいに思ってたから。歯に麦わらをはさんで、泥《どろ》だらけの大きな長靴《ながぐつ》で時々都会に遊びに来るけど、乳しぼり以外のことはなにも知らないって感じのいとこ。街を案内して、ボーリング場やレーザークエストのあるゲームセンターなんかに行くと、「わっ！　こんなの見たことない！」ってずっと言ってるいとこみたいに。

だけどアーサーは、そんなことにびっくりしたりはしないみたいだった。もういっぱい見て知ってるし、長く生きてるから、っていうか、ぼくの言いたいことわかるよね？

「とにかく」アーサーはつづけた。

「正直言って、ぼくは学校があまり好きじゃない。たいして行ったことないけど、行っても好きになれなかった。いつもたたかれてたし。最近の先生はたたかないみたいだけど、それって運がいいと思う。ぼくたちはしょっちゅうたたかれてたし、たたかれないときだって、楽しくなかった。だって、たたかれてるときは、そのことばかり考えて、いつ終わるんだろうって思ってるから楽しくないし、終わったら終わったで、今度はいつたたかれるか、おしりはもとどおりになるかって、心配してる。だからぼくは学校が好きじゃないんだ」

　ぼくは門柱の上に立った。

「わかった、アーサー。好きにしていいよ。ぼくはひとりで行く。帰りたければ帰ってもいいし」

「いや、ここで待ってる。きみがもどるまで。きみひとりじゃ、〈死者の国〉に帰る道を見つけられないかもしれないから」

「なんとかするよ、アーサー。ありがとう」

　ぼくはていねいに言ったけど、声がよそよそしかった。心のなかで、葉っぱを落とせるなら、〈死者の国〉までの道だってそう迷わずに見つけられるって思ってた。

「そうか。まあいい。ぼくはもう少しここで景色《けしき》でもながめてる。ただきみは、いつまでもここでぐずぐずしてちゃだめだ。ちょっととりつくくらいなら笑い話ですむけど、ここから離れられなくなって、ずっといることになるのはいやだろ」

「なんとかするって。心配いらない」

「わかった。まあどっちにしろ、しばらくここにいるよ。きみがもどってきたときに、ぼくがもういなかったら、また後で会うことにしよう」

「わかった」

ぼくは門柱からおりて、校内に入ることにした。そのとき、アーサーがさっきなにか注意してくれようとしてたのを思いだした。アーサーはもう忘れてるみたいだ。まあいいや、わざわざ聞くこともない。

ぼくは地面に飛びおりた。

アーサーがぼくを見てた。庭によく置いてある地の精《ノーム》の石像が大きくなってシルクハットをかぶってるみたいだった。これで釣り竿《つりざお》でもあれば、完璧《かんぺき》だ。

「ハリー。あんまり期待すんなよ、な?」

「え?」

ぼくは立ち止まってアーサーを見あげた。

「期待しすぎないほうがいい。他人にさ。人生はつづいていくんだ、ハリー。みんな人間なんだ。だからあんまり期待しないことだ。それだけ。ぼくも熱病で死んだすぐ後に、ちょっと見てみたくて、こっちに来たって言ったろう? よく行ってたなじみの場所をあちこち見てまわったんだ。ぼくがいなくて、みんなどうしてるだろう、さびしがってるだろうなって思って……」

声が消えた。アーサーは遠い過去を見てるみたいに、前を見つめてた。

「それで? アーサー、なにが言いたいんだ?」

アーサーはぼくに目をもどすと、弱々しく笑った。

「あまり期待するなってことさ、ハリー。そうすれば、がっかりすることもない」

アーサーの言ってることはよくわかんなかったけど、これ以上ここで時間を取って聞きなおす気にはなれなかった。早くなつかしい学校にもどって、あちこち見てまわり、ぼくがいなくなってどんなふうになってるか、確かめたくてしようがなかった。

ぼくは、自分がいなくなってみんながどれだけうまくやってるか、っていうより、どれだけうまくいってないかを、知りたくてうずうずしてた。たとえ学校全体の活動が止まってたとしても、驚《おどろ》かなかったと思う。ぼくが支えてたのは、サッカーのチームだけじゃない。クラスでも外せない存在だった。難しい問題が出たとき、まっさきに手を上げるのはいつもぼくだった。いつも正解だったわけじゃないけど。というより、正解だったことはないけど、少なくともやる気はあった。だけど、ぼくがいなくなった今、だれがその役をやってるんだろう。それが知りたくてたまらなかった。


ぼくがいなくなってみんながどうしてるか確かめようと、校庭に入ったとき、ちょうどチャイムが鳴った。いっせいに、いくつものドアが開くと、まるで火山が噴火《ふんか》したみたいに、みんなが飛びだしてきた。朝の休み時間だ。

ぼくの友だちやクラスメートたちが、そばを通りすぎていった。ぼくの体をつき抜《ぬ》けていったやつもいたと思う。ぼくはうれしくて、思わずみんなの名前を呼んだ。

「テリー！　ダン！　ドナ！　サイモン！　ぼくだよ、ハリーだ！　来てみたんだ。みんなに会いに！　ねえ！」

ジェリー・ドンキンスが出てきた。ぼくにいじわるばかりしてた、でっかくて太っちょで、ぞっとするほどいやなやつ、ジェリー・大食い・ドンキンス。サッカーボールを抱《かか》えて、だれかを誘って遊ぼうとしてるみたいだった。でもだれもあいつとなんか遊ばない！　ぼくはあいつに、そのわかりきった事実を教えてやって、期待したってむだだよって言ってやりたかった。だれもおまえとなんかサッカーをしない。ぼくが死んじゃったんだから。みんな、ぼくが生きてたときに、おまえがどれだけひどいいやがらせをしたか知ってる。おまえとはだれも遊ばない。絶対に。だってそんなことしたら、なんて言うんだっけ？　そう、ぼくとの思い出をけがすことになるから。

ジェリーが悔《く》やんでればいいって、本気で願った。心から。罪悪感で夜も寝られなくなってればいいのに。そしたらいい気味だ。ジェリーがでっかくて太っちょで鼻つまみ者のじいさんになっても、ぼくのことで死ぬまで苦しむんだ。いや、死んでからもずっと。

ぼくはジェリーにむかって舌をつきだした。

「嫌《きら》われ者の、大食いジェリー！」

ぼくは野次を飛ばした。

だけど、ジェリーはボールをドリブルしながらぼくのすぐそばを通りすぎると、ボールをけって、その後を追いかけ、遊んでる子たちのなかに消えてった。

ダイヤモンド先生が校庭の見張りに現れた。あいかわらず背が高く、口ひげを長くたらしている。

「こんにちは、ダイヤモンド先生、ぼくです！　ハリーです！　元気ですか？」

もちろん先生にはぼくが見えないし、声も聞こえない。それはじゅうぶんわかってた。ぼくの姿はだれにも見えないし、声も聞こえない。それでもぼくは、知ってる人に大声で呼びかけ、懸命《けんめい》に手をふった。

ピートが出てきた。ピート・サルマス、ぼくの一番の友だち。親友だ。ぼくたちは小さいころから仲良しだった。保育園が一緒だったし、同じ小学校に入学した。クラスも同じで、最初っから一緒だった。何年もたったけど、今でもはっきり覚えてる。ママはぼくを保育園に預けるとき、ぼくがおとなしくしていられないんじゃないか、しがみついて泣きわめくんじゃないかって心配してた。だけど、そんな心配はいらなかった。ピートがいたから。知らない子ばかりのなかで、ピートはひとりだけ人なつっこそうな顔をしてた。

　ぼくはピートと教室の前のほうの席に並んで座り、お昼も一緒に食べてたし、帰りも一緒だった。

「やあ、ピート」って声をかけた。

　聞こえないのはわかってたけど、もしかしたらなんとなく気づくんじゃないかって思ったんだ。葉っぱを落とせるなら、生きてる人と気持ちを通じさせることだってできるかもしれない。相手の心に考えを吹きこむみたいにして。

「振《ふ》りむけよ」ピートにむかって心のなかで呼びかけた。「振りむいてくれよ、ピート。すぐ後ろだ」

　そして強く念じた。

　だけど、ピートは振りむかなかった。

　そこでピートの横に立った。ピートは両手をポケットにつっこんで、校庭をながめてた。話し相手か、遊び相手を探してるようだった。

　ピートがさびしがってるだろうってことは、わかってた。だれがさびしがるかって言えば、やっぱりピートだ。そのときだって校庭をながめながら、ぼくのことを考えてたにちがいない。きっとそうだ。

「ここだよ、ピート、すぐ隣にいるよ」

だけどピートは遠くを見るような目つきで、あいかわらず校庭をながめてる。

「ハリーだ、ピート。ぼくだってば」

ピートはちょっと足踏みした。ポケットから両手を出してお椀《わん》のような形にすると、息を吹きかけて温めてから、腕を組んで手をわきの下に入れた。

午前の休み時間にはいつも、ぼくとピートはサッカーをしてた。ちょっとした試合をすることもあったし、ほかの球技をする日もあったけど、いつもなにかして遊んでた。雨の日だって、教室のなかでいろんな遊びをした。いつだって、やりかけのゲームがあった。

ピートはどうしていいかわからなくなってるんだ。見ればわかる。ぼくみたいな友だちがほかにいないのは、なんだかかわいそうだった。ぼくは胸が痛んだ。ピートは仲間がいなくてさびしそうだった。ほかの子は友だちと遊んでるのに、ピートはぼくと同じでひとりぼっちみたいに見えた。ただ、ピートは生きてるから、そこが全然ちがう。ピートはタッチラインで交替《こうたい》を待ってる補欠選手みたいにそこに立ってただけだけど、だれからも声はかからなかった。そのとき……。

「おい、ピート！」

ピートは顔を上げて、声のするほうを見た。ぼくも見た。

「ピート！　ピート・サルマス！」

ジェリーだ。あのいまいましいジェリー・ドンキンスだ。

ピートは返事をしなかった。当たりまえだって、ぼくは思った。ジェリーはまた呼んだ。

「ピート！　おい！　耳が遠いのか！」

いつもの調子だ。普通《ふつう》にものが言えない。ただ相手の注意を引きたいときでも、必ずカチンとくることを言う。

「なんか用か、ジェリー？」

ピートが大声で答えた。

ジェリーは五、六メートルくらい離れたところにいて、サッカーボールをバスケットボールみたいにドリブルして、シュートする真似《まね》をした。だれもジェリーと遊んでないのはまちがいなかった。ほんとに頭にくるやつだから、別に驚くことじゃない。ジェリー・ドンキンスとサッカーしようなんて、よっぽどせっぱつまってなきゃ思わない。

ジェリーはドリブルをやめた。

「けりあいやろうよ、ピート？　おまえがそっち、おれがこっちでさ」

ピートは答えなかった。

ピートがなにを考えてるのかわかった。ぼくも同じことを考えたから。ずうずうしいやつだ。ぼくが生きてた間は、ずっとぼくの敵だったくせに、今ごろ親友のピートになれなれしく近づこうとするなんて、ずるい。

ぼくは、ピートが走っていってなぐりつけないようにって祈《いの》った。ピートならやりかねないし、そうしたからって責める気は全然ないけど、ぼくのために面倒《めんどう》を起こさないでほしかった。

ピートはつばを飲みこんだ。怒《いか》りで冷静さを失わないようにこらえてるのがわかる。ピートはもう一度つばを飲みこむと、口を開いた。ボールのけりあいなんてまっぴらだ、ばか言うなって、そうはっきり言ってやるつもりなんだ。

ぼくは待ちきれなかった。

「いいよ、ジェル。ボールけってくれよ」

え？　冗談《じょうだん》だろう？

だけど、冗談じゃなかった。ジェリーがボールをけって、ピートがそれを追っていく。すぐにふたりは校庭へ出てった。ジェリーがピートに体当たりして、ボールをうばった。今度はピートをジェリーが追ってボールをうばい返すと、休み時間のときだけゴール代わりにしてる二本の木にむかって、勢いよく走っていった。

ジェリーはピートがシュートする前にゴールに両手を広げて立った。するとピートのシュートが木に当たってはね返り、ジェリーの尻に強く当たった。いつものジェリーなら、思い切り怒《おこ》ったり文句を言ったりするのに、このときはただボールの上に座りこんで笑いだした。ピートも笑うと、ジェリーの尻の下からボールをけり出し、そのままゴールにシュートした。ジェリーは地面にひっくり返ったまま空を見あげ、「うーっ！うーっ！」ってうなって、世界の一流サッカー選手みたいに、怪我《けが》をしたふりをした。

それでピートはどうしたと思う？　ジェリーの上に乗っかったんだ。仲のいい友だち同士がじゃれてるみたいに。ジェリーは本気では怒ってないけど怒ったふりをして、ピートはまたボールをけって駆《か》けだした。そのうちほかの子も加わって、五対五のサッカーが始まった。みんなふだんならジェリーのボールには絶対さわったりしないのに、ピートがジェリーを認めたから、態度を変えたんだ。

ぼくは信じられない気持ちで、そこに立ってるしかなかった。ぼくの親友と敵が一緒にサッカーをしてる。それも楽しそうに。ぼくが死んだばかりだっていうのに。こんなのおかしい。絶対にまちがってる。

ぼくは振りかえって、校門のほうを見た。アーサーが見てるんじゃないか、見てなきゃいいけどって思って。だけどアーサーは、見晴らしのいい門柱の上から、同情するような、あわれむような目でこちらを見てた。すべてお見通しって顔だ。ピートがぼくの親友だって話したことないんだから、わかるはずないのに、どうしてだろう？

ぼくはアーサーの体のむこうを見た。アーサーのむこうを見るのは難しくない。ぼくはアーサーに気づかなかったふりをして、サッカーに目をもどした。

最高の親友と最悪の敵が、まるでぼくのことなんかすっかり忘れちゃったみたいに、ぼくなんて最初から存在しなかったみたいに仲良くやってる。ぼくはそれをすなおに受け入れることはできなかった。正直言って、ピートに対してむっとした。ぼくの見てないところで、卑怯《ひきょう》なことされてるみたいな、裏切られた気持ちになった。実際にはこうして見てるし、全部知ってるんだけど。

ぼくはふたりに背をむけて、校庭をつっきり、自然菜園の古い水槽《すいそう》に飼ってたミミズを探しにいった。だけど、だれかがひっくり返したのか、それともミミズもぼくみたいに死んじゃったのか、水槽はきれいに空になってた。

その後も、自分のいた跡《あと》をあちこち探しまわった。ぼくが残したもので、みんながそれを見てぼくを思いだしてくれるものを、はじから探した。ジャングルジムのそばに立って、学年でまっさきにてっぺんまでのぼって、一番上の棒でくるりと一回転したことを思いだした。だけどもう、ぼくの有名な一回転は朝もやみたいに消えてて、そのことを知る方法もない。

校庭を歩きまわり、おしゃべりしてるみんなのあいだに立って、ひとりひとりの目をのぞきこんだ。ヴァネッサにマイキーにティムにクライヴ。だれかぼくのことを思いだしてるかな？　覚えてくれてるかな？　ぼくは四人の耳元や顔にむかって、大声で呼びかけてみた。

「ぼくだよ！　ぼく！　なつかしいだろ。ハリーが遊びにきたんだ！　わかる？　覚えてる？　ぼくだよ」

それに、なによりもこれが聞きたかった。

「ぼくがいなくてさびしい？」

だけどこの声が聞こえるのは、年を取った子ども、一五〇歳《さい》のアーサーだけだった。アーサーは門柱のコンクリートの球に腰かけ、シルクハットを頭にのせて、ひどく優しい、同情するような目でぼくを見てた。ぼくはあいかわらずアーサーとまともに目を合わせられなかった。同情なんていらない。ぼくはただ、昔の友だちやクラスメート、遊び友だち、とっくみあいや口げんかの相手、一緒《いっしょ》に誕生日パーティや遠足に行った子なんかに、ぼくがここにいるって気づいてほしかっただけだ。ひとりでもいい。ぼくがいなくてさびしいって友だちはいないんだろうか。たった数週間で、みんな忘れちゃったの？　まだ覚えててくれてる友だちはいないんだろうか。

だけど、それらしい様子はなくて、みんなはいつものように遊んでた。今遊んでるのが楽しくて、そのあいだは、相手がだれかなんてことは気にしてないようだ。遊びがつづく限りは。

なんだか不気味で、怖《こわ》くなってきた。ぼくのほうが幽霊《ゆうれい》を見たみたいで、ぞっとした。

そのときほかの仲間のことを思いだした。フランとチャズとトレバー、みんな転校していった。そういえばいなくなってしばらくは、思いだして、さびしいなって感じたっけ。遠くへ引《ひ》っ越《こ》したチャズには、何通か手紙も出した。一時はチャズも返事をくれて、新しい家や学校のことや、どれだけ慣れたかを教えてくれた。

だけど、そのうち手紙を書くのが面倒くさくなって、やめちゃった。チャズも同じだったみたいで、むこうからも手紙が来なくなった。そのうちチャズを思いだすことも減ってきて、しまいには全然思いださなくなった。フランやトレバーのときもそう。もう長い間だれのことも思いださなかった。今の今まで。

ピートだって同じなのかもしれない。最初のうちは、ものすごくさびしがってくれたけど、日がたつにつれて、それがうすれていったんだ。それでいいのかもしれない。ぼくだって同じだったと思う。死ぬまでぼく以外に親友を作らないでくれ、ぼくが死んじゃったんだから、この先ずっとひとりでいてくれ、なんて思うのはすごくわがままだ。

チャズのことを考えてて、ひとつ思い出したことがある。ぼくはチャズと仲がよかったけど、ピートはチャズが嫌いだった。ちょうど、ぼくがジェリー・ドンキンスを嫌いなように。そういえば一度もピートに、ジェリーをどう思うか聞いたことなかった。てっきり、ぼくが嫌いだから、ピートも嫌いだろうって思ってた。だけどちがうのかもしれない。そんなこと考えもしなかった。

そうか、つまりぼくが転校しちゃって、みんな少しずつぼくのことを忘れていって、しまいにはだれも思いださなくなっちゃうみたいなものなんだ。ぼくを知ってた人がみんな。ぼくは悲しくなった。

最後にもう一度、気持ちが通じるかどうかやってみた。先生ならひとりくらいぼくのことを覚えてて、さびしがってくれてるかもしれない。あんないい生徒はなかなかいないって、ひとりぐらいは感じてくれてると思う。だってさっきも言ったけど、ぼくはまっ先に手を上げる生徒だったから。ときどき先生の質問が終わらないうちに、大声で答えを言っちゃうこともあって、いつもほめられるとは限らなかったけど。それにたいてい答えはちがってた。合ってたときは、それはちがう質問の答えで、先生が聞いてる質問の答えじゃなかった。

「おいおいまたか、ハリー」ってよく先生に言われた。「ゆっくり落ちついて」

そう、あわてなければぼくはまだ生きてた。だけど、ぼくはあわて者で、だから死んじゃった。

ぼくは、歩くっていうより飛びながら、ダイヤモンド先生に近づいた。先生は校庭の生徒ひとりひとりに目をむけ、規則を破る子や、弱い者いじめをする子がいないかどうか見張ってる。

「ダイヤモンド先生、ハリーです。ちょっと寄ってみたんですけど……」

先生はぼくの声も聞こえなければ、ぼくのことを考えてる様子もなかった。ぼくが話しかけてるのに、腕時計《うでどけい》を見て、ポケットからホイッスルを取りだすと、顔を真っ赤にして思い切り吹き始めた。

一瞬《いっしゅん》、先生が心臓発作を起こすんじゃないかって思った。

だけどそうなったら、手助けしてあげられる。ぼくはわくわくしちゃって、ほんとにそうならないかなって期待した。もし先生がこの場で倒《たお》れて死んだら、ぼくが先生に、死んでることやなんかについてヒントやアドバイスをあげられる。先生もきっと喜んでくれる。知らない状況《じょうきょう》に放りこまれたときに、知った顔に会えるのは心強いし、仲間がいればうれしいはずだ。アーサーも紹介《しょうかい》してあげられるし、受付まで連れてって登録をすませてから、〈死者の国〉を案内して、〈彼方《かなた》の青い世界〉はあそこだよって教えてあげられる。

ダイヤモンド先生はもう一回ホイッスルを吹いた。郵便ポストよりもっと赤い、赤カブみたいな顔色になった。こっちの世界に近づいてるのはまちがいない。今にも胸をつかんで倒れそうだ。危ない。倒れるときに、コンクリートに頭をぶつけるかもしれない。そしたら死んでしまう。たとえ心臓発作で死ななくても。

誤解しないでほしいんだけど、ぼくは、先生に死んでほしいって思ってたわけじゃない。ただ、先生が来たら歓迎《かんげい》して、先生がぼくだって気づいて驚いたり喜んだりする顔を見たいと思っただけなんだ。だから待ちきれない気持ちだった。

先生がまたホイッスルを吹いた。ほんとに具合が悪そうだ。もう顔だけじゃなくて、はげてるところまで赤くなってる。

「全員校舎に入れ!」先生は大声をあげた。「休み時間は終わりだ! 教室にもどれ！」

先生はホイッスルを口にくわえかけた。もう一回吹けば、軽く吹いただけで、ぼくたちの仲間になる。

だけど、そうはならなかった。みんな遊ぶのをやめて、キャッチボールやサッカーも終わりになった。なわとびのひもは巻いて片づけ、石けりの石は端《はし》にけとばし、全員が校舎へもどっていく。もう一回ホイッスルを吹く必要はなかった。

ダイヤモンド先生はホイッスルをポケットにしまった。これで今日のところは命をとりとめた。本人はきっと、危ないとこだったなんて気づいてもいない。そんなこと、気づく人はいないか。危ないところを逃《のが》れたなんて、たいてい気づかない。気づくのは、逃れられなかったときだけだ。

6　コート掛《か》け――The Peg

　ぼくは振《ふ》りかえって、アーサーを見た。アーサーはあいかわらず門柱の上に座って、急ぐ様子もなく、まだ時間はたっぷりあるって感じで、のんびりしてた。たしかに時間はあった。急ぎの約束があるわけでもなさそうだし、翌日の朝までにやらなきゃいけない宿題もないし。

「ちょっとなかに入ってくるよ、アーサー！」ぼくは声をかけて、校舎を指さした。

「いい？　待っててくれる？　そこで大丈夫？」

　アーサーはにこりともしないで、肩《かた》をすくめた。どっちだってかまわない、同じことさって言わんばかりに。もしかしたらひとりで待たされて、ちょっとむっとしてるのかなって思って、ぼくは言った。

「一緒《いっしょ》に行かない？」

　アーサーは首を横に振った。

「ぼくはいいよ、ハリー。ここで大丈夫《だいじょうぶ》。待ってる」

「なるべく早くもどるから」

そう返事をすると、みんなのあとについて校舎に入った。

なつかしい校舎はそんなには変わってなかった。二、三週間じゃ、たいして変わるはずないけど。ただ、壁《かべ》にはってあるポスターや絵が変わってて、掲示板《けいじばん》にはってあるお知らせも新しくなってた。読んでみたけど、ぼくについて書かれたものはなかった。きっとあったんだけど、はがされちゃったんだろう。

ぼくが死んだことは、最初は学校でも大事件だったと思う。たぶん、全校朝礼でお祈《いの》りがささげられ、ぼくについての話があって、ハレント先生がみんなの前でこう言ったはずだ。ハリーはわが校の誇《ほこ》りだった、その姿がもう見られないのはとても残念だ、と。

このとおりかどうかは別にして、先生がそんなふうなことを言ったのはたしかだと思う。だって、死んでからよっぽど時間がたってない限り、死んだ人のことを悪くは言えないもん。失礼だし。

先生はついでに、交通安全についても少し触《ふ》れたと思う。自転車に乗るときは、くれぐれも気をつけるようにって。

だけど正直な話、前にも言ったけど、あの事故はぼくのせいじゃない。たしかにぼくは、夢中になるとなにも目に入らなくなるってよく言われてたけど、自転車に乗るときはいつも気をつけてた。だって、だれが一〇トントラックにひかれたいって思う？　ぼくだってもちろんいやだ。それなのにひかれちゃった。曲がり角のむこうからなにが来るかはわからないってことだけは、それで証明されたけど。

ぼくは、全校集会でみんながお祈りをして賛美歌を歌い、ハリーはいいやつだったってひとり残らず目をうるませているところを思い描《えが》いた。それを見られなかったのは、ほんとに残念だ。こっそり見ていられたらよかったのに。

自分のお葬式《そうしき》が見られなかったのも残念。ていうか、一番悔《くや》しい。だって、世界中でなにより見たいものって、自分のお葬式だと思う。学校の子や友だち、親せき、近所の人、それからママとパパとエギーがいるところをすごく見たかった。きっと悲しくなるだろうし、ママやパパやエギーが泣くのを見たら、もっと悲しくなると思うけど、それでもその場にいたかった。さよならだけでも言えたから。

ときには泣いたり悲しんだりするのも、いいと思う。もしお葬式のときその場にいたら、みんながぼくにお別れをするように、ぼくもみんなにちゃんとさよならが言えたはずだ。教会中をまわって、ひとりひとりに言葉をかけられたはずだ。声は聞こえないだろうけど、心をこめて。

「さよなら、チャーリーおじさん。図書券をありがとう」って言えたはずだ。

「さよなら、ペグおばさん。クリスマスに鼻かみ用のハンカチをありがとう。今はティッシュペーパーがあるから、だれもハンカチは使わないけど。でも、人形の兵隊を部屋《へや》の窓から落として遊ぶときに、パラシュートにして使ってたんだ。だからやっぱりありがとう」

ぼくはみんなに、とくにママとパパとエギーに、きちんとお別れするんだ。幽霊《ゆうれい》の腕《うで》で抱《だ》きついて、こう言う。

「とっても愛してる。先に死んじゃってごめんね。だけど心配いらないよ。ぼくは苦しんでないし、不幸でもないから。大丈夫だよ」

それから、逆らってばかりでいろいろ騒《さわ》ぎを起こしたことをあやまる（そんなことばかりやってた）。そしてこう言う。

「ぼくを産んでくれてありがとう。短かったけど、いい人生だった。とても楽しかった。いっぱい笑ったし、愉快《ゆかい》なこともたくさんあったし、なんの不満もなかったし」

不平も文句も言わずに、ただいっぱいの「ありがとう」といっぱいの「愛してる」をみんなに伝えるんだ。それからエギーに、トラックにひかれる少し前に言ったことをあやまらなくちゃ。あと、ぼくに言ったことも、気にすることないよって。本心じゃなくて、かっとなってつい口から出たってことはわかってるからって。

ほんとに、ぼくのお葬式が行われた教会にいられたらよかったのに。だけど墓地までついていったかどうかはわからない。それは自信ない。なんかすごく変な気分になりそうだし、かなり不安になるかもしれない。教会で自分が入ってるお棺《かん》を見るだけでもつらいのに、そのうえ墓地まで行って、自分の体が穴のなかに埋《う》められるのを見たり、ママやパパやエギーが大声で泣くのを目にするのは、たえられないと思う。きっとぼくもひどく傷ついて、本物の涙《なみだ》を流しただろう。たとえまぼろしの涙だったとしても。やっぱり、見なくてよかったんだ、きっと。

だけど、自分のお葬式には居合わせることができないようになってるんじゃないかって思う。生きてる人の時間の流れと、死んだ人の時間の流れはだいぶ違《ちが》う。死んで、受付に並んでたのはほんの一、二時間のことに思えるけど、地上ではきっと何日も、いや、何週間もたっているのかもしれない。それにほんとは、ここへはもどっちゃいけないことになってる。〈死者の国〉にとどまるか、〈彼方《かなた》の青い世界〉へむかうかのどちらかだ。アーサーやぼくみたいに、生きてたときからちょっと変わり者で、やり残したことがまだある人だけが、ここにこっそりもどって、その後の様子を見たり、とりついたりしてみようって思うんだろう。

だからよく考えてみると、墓地へ行けなかったことは、そう残念でもない。ただ、お葬式や学校の全校朝礼に出て、みんながぼくの話をしたり、ほんとにいいやつだったって言ってるのを聞きたかった。それならぼくもうれしくなって、最後には拍手《はくしゅ》してたかもしれない。

ぼくは、まだこの学校の生徒のような顔をして、みんなと一緒にさっさと校舎に入った。おしゃべりに夢中になってるみんなのなかに混じって堂々と歩く。ただ、これまでとちがうのは、今のぼくは魂《たましい》みたいなものだから、姿は見えないし、声は聞こえないし、さわれないし、なぐれないってことだ。

教室にむかいながら、ずらっとコートが並んだコート掛《か》けの前を通った。その下には台があって、昼食用に持ってきたサンドイッチを置けるようになっている。給食のかわりにサンドイッチを持ってきてもいいんだ。

ぼくは立ち止まって自分のコート掛けがどうなってるか確かめた。なにを期待してたのかわからない。だけど、真鍮《しんちゅう》のプレートかなんか飾《かざ》ってあるんじゃないかなって思ってた。弁護士事務所の入り口にはってあるような、小さなやつ。〈バンクリー、スノート、ワンプスナークル弁護士事務所〉とかって書いてあるような。

ぼくは自分のコート掛けの下に真鍮のプレートが飾られてるところを想像した。もしかしたら有名人が昔住んでた家の壁についてるみたいなやつかもしれない。うん、ぼくのコート掛けのところにプレートをつけたら、きっといい感じだろうな。〈アルベルト・アインシュタインが住んだ家〉みたいな感じで、〈ハリー・デクランドが使ったコート掛け。ハリーは当校の有名な生徒だった〉って書いてあるんだ。

だけどいくら探しても、ぼくのコート掛けは見つからなかった。最初は記憶《きおく》ちがいか、目の錯覚《さっかく》じゃないかと思った。これはなにかのまちがいだ。その日あったコート掛けが翌日はない、なんてはずはない。コート掛けは消えたりはしない。だから目をこらしてあちこち見てみたけど、やっぱりどこにもなかった。それでもまだ、ハリエット・ウィルソンとベン・ジャトレイの間に、絶対あると思っていた。ところがその間には、新しくボブ・アンダーソンとかいうやつの名前があった。どういうことだ？　なんでここに……。

そのとき、謎《なぞ》がとけた。歯車がかちっと噛《か》み合うように、ようやくわかった。だけど、それでも信じられなかったし、納得できなかった。

ぼくのコート掛けを、ほかのだれかが使ってる！

真鍮のプレートもなければ、有名なハリーと悲劇的な事故のことを書いたものもない。ただ、ぼくのコート掛けがボブ・アンダーソンのものになっただけだ。

ボブ・アンダーソンだって？　そんな名前聞いたことない。きっと新入りだ。まあそれなら、しょうがないって気もする。きっと全然知らなかったんだろう。ってことは、ハレント先生がやったってことだ。そうだ！　校長のハレント先生のしわざだ。このボブ・アンダーソンってやつが、勝手にぼくのコート掛けを使ってるはずはない。先生のだれかにそうしろって言われたんだ。ハレント先生にちがいない。

ひどい！

ぼくは裏切られた気がした。裏切られて、がっかりして、すごく落ちこんだ。ほかのやつにぼくのコート掛けと、ランチボックスを置く場所をあげちゃうなんて。考えもしなかった。これじゃ、安心して死んでられない。

ぼくはなにも考えられずに、自分のコート掛けだったものを見つめていた。気づくとまわりにはだれもいなくなってた。教室にもどるのが遅《おく》れた子や、遅刻《ちこく》してきた子がひとりふたりいるくらいで、廊下《ろうか》は空っぽだ。教室のドアはみんな閉まってて、授業が始まってる。

もう一度、自分のものだったコート掛けに目をやって、勘違《かんちが》いじゃないことを確かめた。やっぱり、ほかのやつのものになってる。まちがいない。

そのとき、校長のハレント先生がいつものように大急ぎで廊下をやってきた。病気で休んだ先生の代わりをするんだろう。

「ハレント先生、すみません。文句を言うつもりじゃないんですけど、ぼくのコート掛けをあげちゃったの、先生ですか?」

だけど、先生は立ち止まらなかった。ぼくのむこうを見てる。そして、ぼくの体を通っていった。

かっとなった。なんでこんなに腹《はら》が立つのか自分でも不思議だった。死んでから、こんないやな気分を味わうなんて信じられない。死ねば、気持ちを傷つけられることなんてあるはずがないと思ってた。だれもが、ぼくのことをずっと覚えてくれてるはずだと思ってた。だけどみんな、ぼくが死んできっかり五分間で忘れちゃったって感じだ。

なんとか気を落ちつけると、自分のいたクラスをのぞいてみることにして廊下を歩きだした。きっとすっかり変わってる。ぼくの記念館みたいになってるだろう。教室じゅうがぼくの思い出一色になってるはずだ。ぼくの友だちやクラスメートや、担任のスロッギー先生(正確にはスロッグモートン先生)はハレント先生とはちがう。スロッギー先生はいい先生だった。厳しいけど、公平だ。いい人だし親切だしユーモアのセンスもある(校長先生とはちがう)。

先に四Bの教室をのぞきこんで、なにをやっているかながめた。みんな下をむいてる。

コリス先生がつづり方のテストをさせてた。いい気味だ。だれも勉強してきてないんだろう。知らされてなかったにちがいない。抜きうちテストってやつだ。

次に五Aをのぞいて、地理の授業をしてるのを見てから、ぼくは心の準備をした。その次がぼくのクラスで、どんなことが待ってるかわからなかったから。

そのときひらめいた。喪章《もしょう》だ！　きっとみんなつけてる。全員席に座って、黒い布を腕に巻いて、ささやきあってるんだ。まちがいない。スロッギー先生がみんなにそうさせてるんだ。休み時間が終わって教室にもどったら、みんな喪章をつけて、ぼくを思って静かに話しあうんだ。泣きはらした目を隠《かく》すために、サングラスをかけてる子だっているかもしれない。大きなハンカチで鼻をかんでいる子も。

きっとそうだ。急にこの目で確かめたくてたまらなくなった。

ぼくは廊下を駆《か》けだした。

7　教室――In Class

ぼくは教室の入り口で立ち止まった。すぐにはなかをのぞかないで、廊下《ろうか》に立ったまま、楽しみを先のばしするみたいに、少し待った。食事のときに、一番好きなものを最後まで取っておく感じ。ニンジンやキャベツを先に片づけてから、大好きなポテトをゆっくり味わうんだ。

教室に入る前、自分の思い出に一分間の黙《もく》とうをささげることにした。静かに、黙《だま》って。もちろん音を立てたくても立てられるわけじゃないけど、黙とうっていうのはたいてい心のなかでするものだから、やっぱりそのほうがいいと思ったんだ。だってよく言うよね、大事なのは気持ちって。

その場で自分の足元を見つめながら、ゆっくり六〇数えた。「一、二、三……」と数えると、どうしても早く数えすぎてしまうから、一秒一秒しっかり間を取るために、「一〇〇一、一〇〇二、一〇〇三……」と、きっちり数えていった。

黙とうするぼくのそばを、人が通りすぎる。大きい足や小さい足、大人の靴《くつ》や子どもの靴。ぼくは顔をあげてその人たちを見たりせずに、生きてたころの自分に最後のお別れをした。そうしなくちゃいけないって思ったんだ。せめてぼくくらいは自分の死を悲しまなきゃ。ほかにだれが悲しんでくれる？

きっとみんなも、ぼくが死んでから何度も何度も黙とうしたはずだ。全校朝礼で、立って頭をたれ、動きたくなったり笑いたくなるのをこらえて、じっとしてたと思う。まじめな雰囲気《ふんいき》のときでも、なぜか笑いそうになるんだよね。まじめだとよけいそうなる。なんでかわかんないけど。

学校じゅうの生徒や先生の姿が目に浮《う》かんだ。ハレント先生が段の上で頭をたれてるから、髪《かみ》のうすくなってる部分がわかる。

ぼくはみんなに悪いなって思って、ちょっと悲しくなるけど、自分が有名人のような気がして、このしんみりした雰囲気の原因は自分なんだってことをひしひしと感じる。いたずらばかりしてたけど、そんなぼくでも、死ぬと重要人物になっちゃう。

「一〇三五、一〇三六……」

ぼくは教室をのぞきたくてたまらなかったけど、まだだめだって自分に言いきかせて、床《ゆか》を見つめつづけた。

「……一〇三七、一〇三八……」

なかはどんなだろう？　なにがあるだろう？　想像するのはそんなに難しくない。ぼくが使ってた机に花がいっぱい飾《かざ》ってあって、ちょっとした祭壇《さいだん》みたいになってる。図工が得意なマーティーナが、きれいな切り絵を作ってくれてるだろう。グレアム・ベストは巻き紙に、きれいな書体で上手になにか書いてくれてるだろうし。グレアムは、コンピュータで印刷したみたいなうまい字を書く。

「ハリーの机」ってたぶん書いてある。

「死んでしまったぼくたちの大切なクラスメート、ハリーの思い出の品。ハリーが死んでも、ぼくたちは絶対忘れない。永遠にぼくたちの心と、書いたり作ったりしたもののなかに生きつづける。ハリーのいないサッカーチームは、今までのようにはいかないだろう。もし試合に勝てたら、死ぬほど運がいい」

　ぼくは心のなかで「死ぬほど」って言葉を二本線で消した。これじゃ死んだ人に失礼だ。「とっても」くらいにしとかなきゃ。あとで忘れずに講堂の掲示板《けいじばん》に寄って、サッカーの試合結果を見て、ぼくの抜《ぬ》けたチームの成績を確かめてみよう。今シーズンはひどい成績だろうな。一〇対〇で負けてるかもしれない。いや二〇対〇か、もしかして五五対〇かな。ぼくはちょっと気のどくに思った。優秀《ゆうしゅう》なミッドフィルダーがいなくなったんだから。だけどサッカーなんて、そんなもんだ。

「一〇五五、一〇五六……」

急に、校門の上で待ってるアーサーのことを思いだした。もちろん、まだ待ってればの話だけど。うんざりして先に行っちゃったかもしれない。ぼくはちょっとあせって、ひとりでどうやって〈死者の国〉にもどればいいんだろうって考えた。だけどすぐに思い直した。アーサーがぼくを置いて行くわけないか。

「一〇五八、一〇五九……」

教室の様子が心のなかに浮かんできた。それがひどく悲しそうに見えて、また泣きたくなった。ぼくの机には小さな花びんが置かれ、花が飾ってある。もしかしたらまっ赤なバラが一本だけさしてあるかもしれない。バラは毎日取りかえられている。しおれたバラは捨てられて、ベルベットみたいな花びらの新しいバラが同じ場所に飾られる。だれが花をかえているのかだれも知らない。だけど、きっとオリビアだ。

オリビア・マスターソンはぼくを好きだったことがあって、友だちのティリーにそれを打ちあけた。ティリーは秘密にしておけなくてペトラにしゃべり、ペトラがみんなにばらしちゃったんだ。男子もそのことを知って、しばらくは休み時間になるとオリビアをからかってた。そのうちからかうのに飽《あ》きて、ほかの遊びに夢中になるまでかなりつづいた。

「オリビアはハリーが好き、オリビアはハリーが好き！」

でもオリビアは、いつもこういう噂《うわさ》を無視してた。そういう下らないことをするやつらは、相手にしないのが一番だ。だけど無視するのもけっこう大変だ。結局スロッギー先生がクラスのみんなに、「ばかなことはやめなさい」って注意しなきゃいけなかった。それでようやくおさまった。

ぼくのほうは、かなり冷静にふるまってた。ピート・サルマスが「ハリー、オリビアがおまえのこと好きだってさ」って言ったときも、平気な顔してた。ふーん、そんなのどうでもいいよ。いつものことだから。ぼくはもてるんだ。かっこいいし、いい感じだし、気取ってなくて、人に好かれる性格だからって言わんばかりに。

だけど、ほんとは全然ちがう。今まで女の子に好きって言われたことはなかった。

それでも、オリビアにはなにも言わなかった。なるべく無視して、避《さ》けるようにしてたし、絶対にふたりきりにならないように気をつけた。だって、そんなところをだれかに見られたら、ぼくもオリビアが好きだっていううわさがすぐに広まっちゃう。ぼくはオリビアのことをなんとも思ってなかった。ぼくは簡単に女の子を好きになったりしないんだ。「オリビアはハリーが好き」って言われるのは悪い気分じゃないけど、「ハリーはオリビアが好き」って言われたら最悪だ。

それでもときどき授業中に、だれにもわからないようにこっそりオリビアを見られないかなって思ってた。オリビアはすごくいい子だし、けっこうかわいいから、好きって言われるのは正直言ってうれしかった。どっちかって言えば、気に入ってた。だって、自分は特別なんだって感じがして、すごく気分がいいんだもん。

不思議なことに、それからぼくもオリビアのことがちょっぴり好きになった。好きって言われるだけで好きになるなんて、自分でも変だと思う。オリビアのことなんて考えたこともなかったのに、好かれてるってわかったら、ちがう目で見るようになった。そうしたらすごくかわいいし、性格もいいから、段々とオリビアのことを考えることが多くなった。

二月十四日のバレンタインの日には、カードをもらった。ただ、オリビアがくれたものかどうかはわからない。名前がなかったから。「あなたのファンより」って書いてあっただけ。オリビアかもしれないし、ほかの子がぼくをからかって、オリビアが送ったって思わせようとしたのかもしれない。

オリビアもカードをもらったって聞いた。それにも名前はなくて「あなたのファンより」って書いてあったらしい。オリビアがそれを学校に持ってきて友だちに見せると、ハリーの字に似てる、って言う子がいた。なんでそんなこと言うんだろう？　だってそ

左ききの人ならわざと左手で書くはずだし、左きうカードを書くときは、ふつう、右ききの人ならわざと左手で書くはずだし、左ききの人なら右手で書くと思う。自分の字だとばれないように。とにかく、自分のきき手じゃないほうの手で書くはずだ。

と、ぼくはみんなに言った。なんでみんなは、ぼくが送ったなんて思ったんだろう。

「一〇六〇！」

一分間の黙とうが終わった。なかをのぞくときが来た。いよいよ教室に入って、この目で確かめるんだ。ぼくの机が祭壇みたいになって、小さなろうそくがともされ、飾りや巻き紙やまっ赤なバラが置かれてるのを。バラにはしずくが一滴《いってき》ついてる。露《つゆ》みたいに見えるけど、ほんとはオリビア・マスターソンの涙《なみだ》だ。

ぼくは入り口を通り抜けた（これはまちがいじゃない。ぼくはドアを開けないで、そのまま通り抜けたんだ）。スロッギー先生が算数を教えてる。

「では百で割ると、小数点はどこにくるかしら？」

ぼくはぱっと手を上げ、気づいたときには声をはりあげてた。

「はい！　先生！　ぼくわかります、先生！」

先生はまっすぐにぼくをさした。

「じゃあ、ええと……」

先生は「ハリー」って言わずに「オリビア」って言うと、ぼくの後ろを見た。

ほんとにばかみたいだけど、一瞬《いっしゅん》まだ生きてるような気がした。

ぼくは振《ふ》りかえってオリビアを見た。オリビアはなんて言うだろう？　ぼくが死んで、すごく悲しんでるだろうな。めちゃくちゃ落ちこんでるにちがいない。

「二番目の五のあとにきます」

「はい、オリビア、正解よ」

オリビアはちっとも落ちこんでなかった。それだけじゃない。喪章《もしょう》もつけてなければ、サングラスもかけてない。小声でささやきあう子もいないし、涙にぬれたハンカチで鼻をかんでる子もいなかった。

それに、ぼくの机。ぼくの机！　ぼくの大事な机！　祭壇やお墓みたいに、永遠の記《き》念碑《ねんひ》みたいになってるはずの、ぼくの机が！　ひどい……。

ほかのやつが座ってる！

信じられない！　だけどほんとだ。花もろうそくも巻き紙もなにもない。知らないやつがぼくの席に座ってる！

スロッギー先生は言った。

「では、先に進みましょう。今度は負の数について勉強します」

これもショックだった。負の数？　そんなの知ってたっけ？　いや、全然知らない。負《ネガ》だなんて、なにも知らない。ぼくが知ってる『ネガ』は、休日にとった写真を、写真屋さんに現像に出したとき、一緒《いっしょ》にもどってくるやつだ。ぼくのいないところで、時間が流れているんだ。学校のみんなも新しいことを勉強してる。ぼくが知らないことを。

みんなは教科書をめくり、言われたページを開いた。ぼくは自分の席にいるやつを観察しながら、どこかにそいつの名前がわかるものがないか探してみた。算数の教科書には書かれてなかったけど、そいつが線を引こうとプラスチックの定規を出したとき、そこに名前が彫《ほ》ってあるのが見えた。

ボブって書いてある。ボブ・アンダーソン。

こいつ！

こいつがボブか！　礼儀《れいぎ》知らずで卑怯《ひきょう》なボブ・アンダーソン。死んだぼくの後に居座ってるひどいやつだ。こいつがぼくのコート掛《か》けを横取りして、ランチボックス置き場を勝手に使った。ぼくはまだ墓地に埋《う》められたばかりだっていうのに、こいつはぼくのものを全部うばって自分のものみたいに使ってる。まるで、ぼくが遺言で残してやったみたいじゃないか。だけどそんなことしてない。遺言なんか残してないんだから。もし残したとしても、知らないやつに自分のものをやったりするはずない。

ボブ・アンダーソン！　こいつだ。ぼくは一発なぐってやりたいような気になった（というか、一発とりついてやろうかって気になりかけた）。

まずコート掛け、それからランチボックス置き場、そして今度は机。あとは？　なにを取られたんだろう？　サッカーの背番号まで横取りされたかもしれない。

見ると、オリビアがボブに笑いかけてた。こいつ、ぼくのバレンタインカードまで持っていこうとしてる。ぼくのものを全部取り上げるつもりだ。コート掛けもランチボックス置き場も、机もサッカーのポジションも、そして、ぼくのことを好きだった女の子まで。

ずるい。ボブ・アンダーソンなんて、ぼくより背《せ》が低いし、かっこよくもない。スロッギー先生の質問に手を上げて「はい、先生、ぼく、わかります！」って大声で言ったりすることも全然ない。ぼくほど頭も良くないってことだ。

たまたま生きてるだけじゃないか。そんなのまちがってる。ぼくよりかっこ悪くて頭の悪いやつが、どうしてコート掛けを横取りしたり、机や女の子を盗《ぬす》んだりするんだ。なぜって、それは生きてるから。それが理由だ。あいつは生きてて、ぼくは死んでるから。なんていやなやつだ。大っ嫌《きら》いだ。どこから来たか知らないけど、ぼくの場所を取るなんてほんとにむかつく。

「では」スロッギー先生が言った。「おさらいしましょう。負の数と負の数をかけると、どうなるかしら？　ピーター？」

「正の数になります」

「そうね。では、負の数を三つかけるとどうなるかしら？」

先生がぼくのほうを見てる気がした。だけど、ぼくに聞いたってむだだ。知らないもの。習ってないんだから。負の数を三つかけるなんてわかるはずない。聞いたってむだだよ、死んでるんだから。

ぼくはしばらくその場に立ってた。なつかしい友だちやクラスメートを見まわし、ぼくの場所を横取りした新入りをながめた。それから振りかえって、スロッギー先生を見て、声を聞いた。先生の声はどうだろう？　さびしがっているような調子があるかもしれない。死んだ生徒ハリーのことを思って悲しんでないだろうか？　だけどそんなことはまったくなかった。「人が死んでも、ほかの人の人生はつづく」ってよく言う。「いなくなったらおしまい」とも言う。それってほんとらしい。ここの生活はつづいてる。ぼくなんか存在しなかったみたいに。ぼくは空っぽになったジュースの紙パックみたいに、なくてもいい存在なんだ。飲み終われば捨てられ、ついでに、忘れられちゃうんだ。

ボブ・アンダーソンを見た。ボブは鉛筆《えんぴつ》の上の端《はし》をかみながら、負の数がわからなくて悩《なや》んでた。

「負の数をふたつかけると、マイナス同士消しあうから、正の数になるの」

スロッギー先生が言ってる。

だけど、ぼくもボブ・アンダーソンも、中国語を聞いてるみたいに、さっぱりわからなかった。中国人だってわからないよ、きっと。

ぼくはボブがかわいそうになって、そう嫌いでもなくなった。よく考えれば、ぼくの場所を取っちゃったのだって、ボブ・アンダーソンのせいじゃない。きっと両親と一緒にこの町に引《ひ》っ越《こ》してきて、一番近い学校を探して、このクラスに入ったんだろう。ボブはまったく知らなかったんだ。あれがぼくのコート掛けで、あのトラックさえなければ、まだぼくのものだったってことを。

悪いのはほかのみんなだ。ぼくのものをボブに使わせたのは、みんななんだから。ボブにそういったことを教えないのも、ぼくのものを使わせているのも、ぼくの机やコート掛けやランチボックス置き場は神聖なもので、ぼくをしのぶ墓みたいなものだって話してあげないのも、全部みんなが悪い。

どうして、そんなことさせたんだろう？　みんな友だちだと思ってたのに。どうしてそんなにすぐにぼくのことを忘れちゃうんだ？　ピートもオリビアもスロッギー先生もハレント先生もサッカーチームのみんなも。ここにはぼくを思いだすものなんてなにもない。喪章をつけてるやつだってひとりもいない。

「では、正の数にそれより大きい負の数を足した場合……」


そのとき目に入った。振りかえると後ろの壁《かべ》にぼくが探していたものがあった。壁いっぱいにいろんなものがはってある。みんなが持ちよった詩や絵やデッサン画や作文、それに思い出の品物や写真。その上に、大きく切り抜いた字がはってあった。

「わたしたちの友だち、ハリー」

ぼくのことだ。全部ぼくのものばかりだ。壁いっぱい、大きな壁いっぱいにびっしり……だれも覚えていてくれないってさんざん文句を言った後だから、ちょっと恥《は》ずかしいんだけど、みんなすごくいいやつばかりだった。ほんと信じられない。こんなにたくさん書いてくれたなんて。ぼくを好きじゃなかったやつまで書いてくれてる。

青い台紙にはった白い紙に詩が書いてあって、押し花で飾られてたものがあった。その詩には「あのねハリー」という題がついていて、その下にオリビアのサインがあった。詩の中身は内緒《ないしょ》。みんなに見えるように壁にはってあったけど、ぼくに書いてくれた詩だから、ここでは言いたくない。だけどぼくはそれを読んで悲しくなった。泣きだしたくなった。だけど、ぼくは生きているとき泣いたことは一度もない。っていうか、泣いてるのがわかるような泣き方はしなかった。だってぼくは強くて、たくましくて、男らしいってことになってるんだから。

ピートが書いた「ぼくの友だちハリー」って題の作文もあった。悲しい内容じゃなくて、お祝いの言葉みたいに愉快《ゆかい》だった。ピートは、ぼくたちがやったいたずらを、大騒《おおさわ》ぎになったものまでひとつ残らず書いていた。ただ、ピートが書くと不思議と大変って感じがしなくて、楽しくて、心から笑えて、ぼくが覚えてるよりずっとおもしろかった。とてもうまく書けてたから、もう一度全部読んだ。これはぼくのことを書いてるんだって自分に言いきかせながら。サッカーチームのことも書いてあった。バスで遠征《えんせい》試合に行ったとき、着いてから短パンがないのに気づき、赤い予備の短パンしかなくて、それをはいて試合に出たら、それからしばらく、赤い悪魔《あくま》って呼ばれてたこととか。

あのときは全然おもしろくなかったけど、ピートが書くとすごくおかしくて、ぼくはとてもすてきなときを過ごし、すばらしい人生を送ったんだなって思えた。

たぶんぼくは、ほんとにすばらしい人生を送ったんだと思う。ピートが書いたのを読むとそう思える。ピートの作文の下に、スロッギー先生のコメントがあった。

「ピーター、ハリーのことを生き生きと書いてくれてありがとう。みんな、言葉にできないくらい、ハリーのいないさびしさを感じていると思います。わたしたちの気持ちをこのような文章にして、ハリーがどんなにかけがえのないすばらしい子であったかを思いださせてくれて、ほんとうにありがとう。ハリーはいつも元気で、好奇心《こうきしん》のおうせいな楽しい子でした。ハリーに代わる子はだれもいません。ハリーも、みんなからこんなにも愛され、大切に思われてたことを知って、きっと喜んでいるでしょう」

だけど、ぼくは喜ぶどころじゃなくて、また泣きたくなった。こんなにいい友だちを持ってたのに、ぼくは死んで、みんなに忘れられたって思いこんでた。だけど、だれも忘れてなかったんだ。ぼくは恥ずかしかった。

「では、マイナス四からマイナス六を引くといくつになるでしょう……」

スロッギー先生の声がBGM（バックグラウンド・ミュージック）みたいに低く聞こえてくる。BGV（バックグラウンド・ボイス）って言ったほうがいいかな。ぼくは、「ハリーのコーナー」にあるものをはじめから読んでみた。絵や写真をながめ、みんなにとってのぼくの思い出を、心に刻みつけた。

これを見るとだれでも、ぼくがすごい人気者だったって思うだろうな。ぼくが、コンピュータ以来の大発明みたいにもてはやされてるって。それなら世の中がぼくなしでうまく回るはずないと思うかもしれないけれど、それが、意外にちゃんと回ってるんだ。

ぼくに贈《おく》られたみんなの文を読みながら、ひとつ探しているものがあった。認めたくないけど、どうしても読みたいのがあった。ようやく、コーナーの右下に見つけた。八か月前にクラス全員で撮《と》って大きく引きのばした写真に半分隠《かく》れるようにはってあった。読みたくて、読みたくないもの。それほど長くなかったけど、三枚もあって、大きくて下手な字で書いてあった。

題は「ハリー」。それだけ。「ハリーの思い出」とか「大好きなハリー」とかじゃない。ただの「ハリー」。「ハリー」のあとに「J・ドンキンス」って書いてある。

Jはジョンのことだ。ぼくらの間では、ジェリーのJで通ってたけど。これが最悪の敵が書いた、ぼくに贈った最後の文。だけど、ジェリーがぼくのことをよく言うはずはない。ぼくだってあいつをほめる言葉なんか、まったく思いつかないから。

「ハリー」J・ドンキンス。

ぼくが死んだから、なんとかほめなきゃいけないって思ったかもしれないけど、ぼくは自分が死んだからって、みんながみんな、「あいつはいいやつだった」なんて言いだすのはすごくいやだ。友だちは友だち、敵は敵だ。死んだからって、無理していいことばかり言う必要はない。ほんとにそう思ってないんだったら。なにも言わないほうがましだ。

「ハリー」J・ドンキンス。

ジェリーは席に座って、負の数をなんとか理解しようとしてるけど、うまくいかないようだった。ぼくがここで、作文を読もうとしてるってわかったら、ジェリーのやつ、なんて言うだろう?

ほんとになんて言うかな?

ぼくは心のなかで一回深呼吸すると、読み始めた。

8 ジェリー——Jelly

「ぼくとハリーは中よくありませんでした……」って書き出しで作文は始まってた。そうそう、まったくそのとおり。

ジェリーは字がへたくそだった。大きくてぎこちなくて、本人にそっくりだ。それに「ぼくとハリーは中よくありませんでした」の「中」の字は二重線で消してあって、そばにスロッギー先生の鉛筆《えんぴつ》の字でうすく「仲」って書いてある。ただ、そのあとは直すのをやめたようだ。先生はきっと、この作文はぼくの思い出を書いたもので、一〇問の書き取りテストとはちがうから、直すべきじゃないと思ったんだろう。あとはジェリーが書いたときのままで、しみやよごれもついてた。

ハリー

J・ドンキンス

ぼくとハリーは中よくありませんでした。なんでかはよくわかりません。保育園のころからずっとそうでした。ぼくが知らずにハリーを怒《おこ》らせたのか、それともハリーがぼくの顔を嫌《きら》いだったのか、わからないけど、ぼくたちはほんとに中が悪く、一度ハリーにプレハブ小屋の裏でなぐられたこともあります。

ハリーと中よくなろうとして何度も、ボールのけりあいをしようってさそいました。だけどハリーは、ぼくとは絶対サッカーをしようとしませんでした。まるで、おまえのボールにばい菌《きん》がついてるとか、おまえみたいに変なやつとは遊ばないとか、そんな感じでした。

ぼくをジェリーって呼びだしたのはハリーです。ぼくが太ってるからです。そう呼ばれて、ぼくもハリーに冷たくなりました。だって、ハリーのせいでほかのみんなもぼくをジェリーって呼ぶようになったからです。たぶんそれで、ぼくも仕返しにハリーの悪口を言うようになったんだと思います。バスでサッカーの遠征《えんせい》試合に出かけたとき、ハリーの短パンを隠《かく》したのはぼくです。あのときハリーは、赤い短パンをはいて試合に出なくちゃならなかったのに、全然平気そうでした。みんなに赤い悪魔《あくま》と呼ばれたのが、気に入ったみたいです。だけど、短パンを盗《ぬす》んだのは悪かったと思ってます。してはいけないことでした。ぼくは、ハリーのお母さんにお金を送って、それでハリーのために花を買ってもらって、ハリーにあやまろうと思います。必ず送ります。

だけど、いじわるを始めたのはぼくじゃないと、ぼくは思っています。ぼくはただ、ひどいことをされて傷ついたから、いじわるしたんです。だからハリーを傷つけてやりたかったんです。ハリーに冷たかったのはほんとだし、悪かったと思っています。本心からじゃありませんでした。だけど、ハリーもぼくに冷たかったです。

ぼくはときどき、ハリーと友だちになりたいと思ったし、中直りしたいと思いました。だけどぼくたちは永遠の敵みたいだったし、ほんとにそのとおりになりました。だけど、今まで認めなかったけど、ハリーには好きなところもたくさんあります。ハリーはたまにすごくおもしろい冗談《じょうだん》を言うときがあって、吹きだしそうになりました。ただそういうときでも、ぼくはくちびるをかんで、おもしろくないって顔をして、笑わないようにしていました。ハリーに、自分はおもしろいんだって得意な気分にならせたくなかったからです。だけどほんとはおもしろかったです。

ハリーが死んで、とても残念です。もう二度と中直りすることができないからです。友だちにもなれないし、いじわるしてごめんって言うこともできないし、ハリーのこれまでのいじわるを許してやるって言うこともできません。ハリーは、ぼくに許してもらおうとか、ぼくと友だちになりたいとか、思ってないかもしれません。それはわかりません。だけど、友だちじゃなくても、死んで悲しいこともあります。ぼくはハリーが大好きでした。おもしろい冗談を言うし、サッカーもうまかったし、頭もぼくよりずっとよかったです。ハリーはほんとに頭がよくて、ぼくは口には出さなかったけど、自分がすごくまぬけな感じがしました。

もし今ハリーが生きてたら、ぼくは自分からハリーに握手《あくしゅ》を求め、今までのことは忘れて、友だちは無理でも、これからはいじわるするのはやめようって言います。もしハリーが死んで、悲しいです。ほんとです。ほんとに悲しいです。おかしいけど、もしハリーでなくぼくが事故にあってたとしたら、ハリーも同じように悲しんでくれた気がします。最悪なのは、もう中直りができないことです。それが一番つらいです。

ごめんよ、ハリー。

でもさ、あの木を植えようって提案したのはぼくなんだ。ぼくが考えたんだよ。あれがぼくの、ごめんよって気持ちなんだ。

じゃあ、ハリー、さようなら。

最後に、J・ドンキンスって書いてあった。

なんて言ったらいい？　どうすればいい？　なにから考えばいいんだろう？　とりあえず座ろう。もちろんほんとに座れるわけじゃないけど、座りたい気分だった。ぼくはスロッギー先生の机の端《はし》に腰《こし》かけて、ジェリーの手紙をじっくり考えてみた。

ぼくが？　ジェリーを嫌ったって？　反対だよ、最初から。ジェリーが先にぼくのことをモヤシって言い出したから、仕返しにジェリーって呼んだんだ。ぼくのほうからは一度だっていじわるをしたことはない。からんでくるのはジェリーのほうだった。ぼくがジェリーとサッカーをしたがらなかったっていうのも嘘《うそ》だ。ぼくは何度もしようと思ったけど、ジェリーがこのボールは自分のだからとか言って、いやがったんじゃないか。

それに一緒《いっしょ》にやっても、ジェリーは負けそうになったり、むこうずねをけられたりすると、自分のボールをさっさと拾いあげて「やめやめ、もう終わり」って言いだして、ぼくたちが「おいジェリー、ちゃんとやろうよ。この試合ぐらい決着をつけよう」って言っても、自分のボールだからって、絶対つづけさせてくれなかった。ジェリーが遊ばないっていったら、だれもサッカーができなくなっちゃうのに。

だからぼくのせいじゃない。これまで一度だってぼくが悪かったことはない。絶対にない。それでも、ほんとはどうなんだろうって考えずにはいられなかった。

もう一度、ぼくは壁《かべ》の前に立って、ジェリーの作文を最初から読み直した。それから、ジェリーの席のすぐ後ろに立った。

ジェリーは、負の数と必死に取り組んでた。太い指に握《にぎ》られた、インクでよごれたボールペンが目に入った。こいつ、ほんとにぼくのことが好きで、ぼくの冗談に笑いそうになったのかな？　それとも、ぼくが死んだから、死んだ人のことは悪く言えなくて、そんなこと言ってるのかな？　そう言えば最後のほうに、最悪なのはもう仲直りができないことって書いてあった。ぼくがもういないから、もうどうしようもないって。その気持ちはぼくにもわかる。それってちょうどぼくがお姉《ねえ》ちゃんと仲直りできなかったのを悔《く》やんでるのと同じだ。ぼくもジェリーも、やり残したことがあるってどんなものなのか、わかってるんだ。

ぼくは手を差しだした。

「友だちになろうよ、ジェリー。握手しよう」

ジェリーは一生懸命《いっしょうけんめい》、スロッギー先生が出した計算問題の答えを出そうとしてた。ぼくにだって全部まちがってるってわかった。ぼくには負の数の計算なんて、ほとんどわからなかったけど、ジェリーがまちがってるのはまちがいない。

「ぼくたちは友だちだ、ジェリー。もう悪く思ってないよな？」

ジェリーは、必死に計算をつづけてる。いつものように、手や紙にインクがベトベトついて、そこらじゅうがよごれていて、まちがいだらけだ。そういうのを見ると、どうしてもいらいらしてくるんだ。ほんと、いつもまちがってばかりで、不器用なんだから。

「友だちだよな、ジェリー？　な？」

ぼくの声が聞こえたらいいのに。ジェリーの頭のなかにだけでもいいから、なにかを伝えたい。ジェリーだけに聞こえる、テレパシーみたいなものを送れたら、どんなにいいだろう。スプーン曲げみたいな超能力が使えたら。

「ジェリー、ハリーだよ、仲良くできなくてごめん。もう大丈夫だよな？」

心のなかでせいいっぱいジェリーに呼びかけた。ちょっとでも気づく気配がないかと、顔を見つめたけど、だめだった。ジェリーはあいかわらずまちがった計算をつづけてる。丸々したほっぺたは、型に入ったふたつの大きなジェリーみたいだ。

「ジェリー！」ジェリーの頭のなかに懸命に呼びかけた。

「ジェリー！　ぼくだ、ハリーだよ！　きみのすぐ隣《となり》にいるんだ。壁にはってあるきみの作文を読んだよ。きみにとりつくためにもどってきたんじゃない。耳元でワッてびっくりさせに来たわけでも、怖《こわ》い夢を見せて、小さいころみたいにおねしょをさせに来たわけでもない。ただ、ぼくもあやまりたいんだ。生きてたころは仲良くなれなかったから。ジェリー、ぼくはきみに嫌われてると思ってたけど、きみもぼくに嫌われてると思ってたんだ。ふたりとも誤解してたんだよ、ジェリー、それだけだ。そうだろ？　ただの誤解だ。だからお互いに悔やむのはもうやめよう。これでおあいこだろ、ジェリー？　そうだよな？　ジェリー？」

なんの反応もない。パンにはさんだ大きなハンバーグに呼びかけたほうがましだ。そう思ってジェリーを見ると、そっくりだった。服がパンで、胴体《どうたい》は生焼けの特大ハンバーグ、顔は輪切りのトマト、脚《あし》は二本のポテトだ。

生きてたときみたいに、またいらいらしてきた。

「おい、うすのろジェリー！」って心のなかで叫《さけ》んだ。

「ぼくはおまえを許して、仲直りしようとしてるんだぞ。少しは聞けよ！　頭が悪くったって、耳は悪くないんだろ？」

ジェリーは負の数を前にして、ますます頭をかかえこんでた。そんなんじゃ、テストで〇点ならまだましって感じだ。もしかしてスロッギー先生は、ジェリーの負の数のテストに、マイナスの点をつけるかもしれない。一〇点満点でマイナス六点とか。だけど、ジェリーのことだから、きっと点が書いてあれば、よくできたって思うだろう。

ジェリーに呼びかけるのをあきらめかけたとき、アーサーがスロットマシンにイチゴを並べたときのことを思いだした。木から葉っぱを落としたときのことも。必死に気持ちを集中すれば、ものを動かすことができるはずだ。ぼくは全神経をジェリーのボールペンにむけた。

「マイナス6引くマイナス6はマイナス66……　-6-(-6)=-66」ってジェリーは書いてた。

「やあジェリー、ハリーだ」気持ちをボールペンにむける。「ハリーだよ。ハリーって書いてくれ」

いきなりボールペンがジェリーの手から飛びだして、少し離《はな》れたボブ・アンダーソンの机（ぼくの机でもある）にかたんと落ちた。

「おい！　なにするんだ、ジェリー！　やめろよ！」

ボブは叫んでペンをひろうと、投げ返そうとしたが、スロッギー先生にとめられた。

「先生が返すわ」

先生はジェリーの代わりにペンを受けとった。

「いったいどうしたの、ジョン？」

「すいません、先生」ジェリーは言った。「一生懸命書いてたら、ペンが手から飛びだしちゃったんです。たぶん、強く握りすぎてたせいだと思います。ごめんなさい」

「わかったわ。今度から気をつけなさいね」

先生はそう言って、ジェリーにペンを返した。

「もっと気をつけるように」

ぼくも何度も聞いた言葉だ。

「今度から気をつけなさいね」

ぼくは生きてたころに、何度も危ない経験をしたことを思いだした。ほんとにドジで、しょっちゅうなにかから落ちそうになったり、もう少しで大けがをしそうになったりした。

「運がよかったのよ、ハリー。今度からもっと気をつけなさい」

だけどそううまくはいかない。どんなに気をつけてても、前と同じことがまた起きるわけじゃないんだから。事故はそのたびちがう。前と同じような事故はやらないように気をつけてても、次は新しい事故が待ってる。今回だってそうだった。一年くらい前に一度、自転車のチェーンにスニーカーのひもがからまったことがあった。ひもが巻きこまれてチェーンが動かなくなって、車輪が止まって、ガッシャーン！　ぼくは舗道《ほどう》に投げだされて、体中あざとすり傷だらけになった。

「これぐらいのけがですんで、運がよかった」パパは言った。「死んでたかもしれないんだからな。自転車に乗るときは、靴《くつ》のひもがほどけていないか必ず確認すること。二度とこんなことにならないようにな」

　だから気をつけてた。靴のひもがほどけてないか、必ず確認してたし、結んだひもがあまったときは靴のなかに入れて、チェーンや車輪にからまらないようにしてた。自転車に乗ってると、急に右足の靴のひもがゆるんだような気がした。もう前みたいな事故はごめんだ。経験ずみだから。靴ひも大丈夫《だいじょうぶ》かなって、ちらっと足元を見た。道路から目を離したのはほんの一瞬《いっしゅん》だったんだけど、その拍子《ひょうし》にバランスが崩《くず》れて、ぐらっと傾いて、ハンドルが道の真ん中のほうにむいちゃった。次の瞬間《しゅんかん》、大きなトラックが角を曲がってやってきて、道路の真ん中へ出てきた。ここは住宅地で、トラックは入っちゃいけないことになってるのに。そして……。

　こうなった。今度は気をつけてたのに、こんなことになった。

　ジェリーは、どうしたんだろうという顔でペンを見つめている。

「手から勝手に飛びだしたんだ」ってぶつぶつ言ってる。「この手から。ぼくはちゃんと握ってたのに、ポンって手から飛びだしたんだ」

「ジョン。さあ、早く」スロッギー先生が言った。「練習問題をすませてしまいなさい」

　ぼくはもう少しジェリーのペンを動かして、思ってることを書かせようとしたけど、ペンはもう動かなかった。きっとペンが飛びだしたのも、一回だけのまぐれだったんだろう。集中力を使い果たしちゃったのかもしれない。それともこれもぼくの力とは関係なくて、ジェリーが言ってたように、強く握りすぎてたせいで、飛びだしたのかもしれない。

どっちにしても、ぼくが作文を読んで、今は友だちになりたいと思ってるし、お互《たが》いにもう悔やむことないってことを、伝えられそうになかった。

もう変えられるものはなにもなさそうだったし、確かめたかったことはみんな見ることができた。そろそろ行かなきゃ。

「じゃあね、みんな。さよなら、ピート、オリビア、スロッギー先生、それからほかのみんなも。よく知らないけど、ボブ・アンダーソンも。ぼくの机とコート掛けとランチボックス置き場を大事にしてくれよ。もうぼくにランチボックスは必要ないから。じゃあね、みんな。これまで、ありがとう。もう一度会えてよかった。いろいろ書いてくれてありがとう。さよなら。みんなのこと忘れない。一緒に大きくなって、上の学年や中学校にいけないのが、すごく残念だけど。とにかく幸せにね。またいつか会おう。いつかはわからないけど。じゃあね、みんな、さよなら」

ぼくは教室を出た。

ぼくは振《ふ》りかえらなかった。振りかえらないのが一番だ。そんなことしたら悲しくなる。過去にあったことや、あったかもしれないことや、今となってはどうしようもないことを、くよくよ考えたってなんの役にも立たない。ぼくはアーサーが待ってる校門にむかって、廊下《ろうか》をさっさと歩いていった。

途中《とちゅう》でサッカーの試合名簿《めいぼ》を見て、ぼくのポジションがだれになってるか確かめた。予想どおりミッドフィールダーのポジションには、ボブ・アンダーソンの名前があった。どうやらボブは、ぼくのあとをそっくり引きついだみたいだ。チームはこのところ三連勝してる。ぼくがいなくても、大丈夫ってことだ。たいていのことが、ぼくなしでもうまくいってる。ぼくはふと、学校へ行きたいと言いだしたときに、アーサーが言ったことを思いだした。

「あんまり期待するな、ハリー。人にあまり期待しないことだ。そうすれば、がっかりすることもない」

ぼくは期待しすぎてたのかもしれない。逆に、全然期待してなかったこともあるけど。

校舎を出たとき、ジェリーの作文の最後のほうに、「ぼくの提案で木を植えることになった」って書いてあったのを思いだした。

クラスのみんながぼくのために木を植えてくれたんだ。どのへんだろう？　校舎の裏に回って、新しそうな木や、最近土が掘《ほ》りおこされたところがないか探してみた。その木は、自然菜園のむこうにあった。さっきはミミズを飼ってた水槽《すいそう》を探してたから、気づかないで通りすぎたんだ。一本の苗木が植えられ、リスやネズミや小さな子が近づかないように、まわりをフェンスで囲ってある。

横に、字の彫《ほ》られた小さな金属のプレートが立ってる。

ハリーへ。クラスのみんなより。愛をこめて。

それから、ぼくの誕生日と死んだ日、学校の在籍《ざいせき》期間が彫られてた。

ぼくは木を観察しながら、ふとアーサーのことを思いだした。そろそろ待つのにあきてるはずだ。これ以上待たせちゃ悪い。もどらないと。

「ハリー、みんなが木を植えてくれたんだな」

振りかえると、アーサーが隣に立って、ぼくの木を見てた。

「なんの木か知ってる？」

ぼくはアーサーに聞いた。木のことはくわしくない。レーシングカーのことなら少しは知ってるけど、木なんて全然わからない。

「オークかな？」

アーサーは答えた。

「オーク？　ぼくには全然わかんないや。この木、まだ小さいから」

「そうだな」

「オークって、長生きするんだよね？」

「うん、何百年も生きるよ」

アーサーは言った。

「何百年も？」

胸のなかがすうっと晴れていった。ぼくは自分の木がどんどん成長していくところを想像した。何百年も育っていくところを。この木の前を通る人や、この下で秋の雨や夏の日ざしをよける人たちを思い描《えが》いた。みんなは木の根元に立てられた小さなプレートを読んでくれる。ここに書いてあるハリーってどんな子だったんだろうって考えたり、ぼくが自転車に乗っててトラックにはねられて死んだことや、友だちがみんなでお金を出しあって、ぼくのためにこの木を買ったことが、話題になる。そしてそれがジェリー・ドンキンスの提案だったってことも思いだして、みんなは胸がじんとして、この世界もそう悪いところじゃないなって考える。

たぶん。

ぼくはアーサーのほうをむいた。

「いい木だね？」

「ああ」アーサーはうなずいた。「ほんとうにいい木だ」

ふと聞いてみたくなった。

「アーサーも木を植えてもらった？」

アーサーは居心地《いごこち》悪そうに、頭の上の帽子《ぼうし》をかぶり直すと、指で軽くかいた（帽子じゃなくて、頭を）。アーサーの落ちつかないときの癖《くせ》だ。

「ああ、もちろん植えてもらったさ。すごくたくさん。まるで小さな森みたいだった。ちょっとした林だな、ほんとに。すごく広くて〈アーサーの思い出の森〉って呼ばれてた。だけど薪《まき》にするために切り倒《たお》されちゃったんだ。今でもあったら、連れてって見せたいところだけど」

「ふうん、それは残念だったね」

ぼくはアーサーが大げさに言ってるんじゃないかと思った。もしかしたら、ぼくの木にちょっぴりやきもちをやいたのかもしれない。だれにも気にされず、木を植えてもらえなかったって思われないように、そう言ったのかもしれない。だからぼくは、それどこにあったのなんて聞かないで、ただうなずいていた。

ぼくは、もう一度木に目をもどした。この木はどれくらい生きられるだろう？　この木だってそのうち切り倒されて薪にされちゃうかもしれないし、道路を広げるためにブルドーザーに押し倒されるかもしれない。ニレ立ち枯《が》れ病、じゃなくて、オーク立ち枯れ病とか、はしかみたいな病気で死ぬかもしれない。もちろん木のはしかってことだけど。それにＵＦＯが木の上におりてくるかもしれないし……。

木になにか悪いことが起こるかもしれないなんて考えると、たまらなくなった。だから考えないようにした。どうして悪いことばかり考えちゃうんだろう？　最悪なのは自分が死ぬことで、それはもうすんでる。これからはいいことを考えるべきだ。ぼくの木は何百年も生きつづけるかもしれないし、だめかもしれない。ぼくにできることはただ、がんばれよって祈《いの》るだけ。木に対しても、人間に対しても。自分には、がんばれって祈ることしかできない。つまり木もある意味で、人間に似てるんだと思う。

9 映画館——The Cinema

「今度はどこへ行く?」

校庭を横切って学校をあとにしながら、アーサーに聞いた。

「なにをする? ほかのところにとりつきに行く?」

アーサーは肩《かた》をすくめた。

「いいよ、そうしたければ。ぼくはかまわない」

アーサーは古めかしいまぼろしの腕時計《うでどけい》を、まぼろしのベストのポケットから取りだすと、まぼろしの目でちらっと見てから、またポケットにしまった。

「もうあまりここにはいられないな。そろそろもどらないと」

「そうだね」ぼくは言った。「もどってなにか……」

そのあとこう言うところだった。

「食べよう」

別におなかがすいたからってわけじゃない。夕食の時間でもなかった。それに、おなかがすいていようが、夕食の時間だろうが、大したちがいはない。なにも食べられるわけじゃないから。〈死者の国〉では、夕食なんてないし、ここでもぼくたちはなにも食べない。もちろんみんなが食べるところをながめることはできるし、一緒《いっしょ》に食べるまねもできるけど、今までとはちがう。自分で食べるんじゃなくて、映画で人が食べてる場面を見てる感じだ。

アーサーは、どこかに行くことも夕食のことも頭にないみたいで、ぼーっとしてる。アーサーが生きてた時代の人たちは、夕食にミートパイを食べて、朝食にビールを飲んでたはずだ。どこかで読んだことがある。歴史の授業で習ったのかもしれない。

アーサーはたぶん、お母《かあ》さんのことを考えてるんだろう。お母さんが現れたときに会いそびれたら大変だから、〈死者の国〉からあまり離《はな》れていたくないんだ。ぼくは、ふたりが会うところを想像した。ボタンがひとつ取れた、まぼろしのブラウスを着たおかあさんと、まぼろしの手にまぼろしのボタンを持ってるアーサー。そのふたりが会ってボタンを確認しあい、ついに喜びの再会を果たし、やり残したことをやりとげて、一緒に〈彼方《かなた》の青い世界〉にむかう。そうなれば、心も落ちついて、ひたすら休みなくさまようこともなくなる。つまり……。

幽霊《ゆうれい》になることもなくなる。

「もう少しとりつきに行こうか……」

ぼくはせがんでるみたいに聞こえないように、軽い調子で言った。

「腕が鈍《にぶ》らないようにさ。スロットマシンにいたずらする以外に、どんなことができる？」

アーサーは少し考えた。

「大当たりを出す以外にってことかい？」

「別にひどいことしようっていうんじゃないよ。人を怒《おこ》らせたいわけじゃないから」

「ああ」アーサーは言った。「ぼくもそんなことを考えたりすることはないし……そうだ。行きたいところがあるんだ」

「待って、アーサー！　ねえ！　聞きたいことが……」

だけどアーサーはもう歩きだしてて、ぼくはついて行くしかなかった。

ぼくたちは学校をあとにして、街のなかに入ると、自動車は通行禁止になっているショッピングセンターのほうへむかった。

ぼくは歩きながら、すれちがう人のなかに、親しい人や知り合いがいないか探してみた。

きょろきょろしながら歩いてるぼくたちの姿がもし見えれば、きっと普通《ふつう》のふたりの少年が、街を歩いてるように見えたと思う。たぶん、おもちゃ屋に最新のウォーハンマー[※12]を見にきたか、新作のコンピュータゲームを探しに、店をのぞきに来たって思っただろう。

平日のこんな時間に、学校に行かないでなにしてるんだ？　さては学校をさぼったなって思うかもしれない。それとも、アーサーの格好を見て、テレビの新番組のスリ師アートフル・ロジャー[※13]役かなにかのオーディションに行くところで、ぼくは、アーサーが緊張《きんちょう》しないように、つきそってやってるんだろうと思うかもしれない。

ぼくたちは、みんなと同じ普通の人間に見える。ただ、ほかの人の目に見えないところが問題なんだ。ぼくらにはまわりが見えるのに。それに歩いてて不思議なのは、足が地面に触《ふ》れてなくて、低く流れる雲みたいに、舗道《ほどう》から少し浮《う》いてること。前をちゃんと見てなかったりすると、だれかが体を通り抜《ぬ》けちゃうし、自転車が通過していくこともある。だけど全然痛くないから、気づきもしない。

人間がみんな持ってる、内と外のふたつの顔を見るのも、不思議な感じだ。他人の目を意識してるときの顔と、ひとりでいるときの顔。笑顔を作って「おはよう、元気？いい天気だね！」って、まるでこの世に心配事なんてないかのように、明るい声で話すくせに、ひとりになるとたちまち笑いが消えて沈んだ表情になって、信じられないほどみじめな顔をする。

もっとおもしろいのは、外で逆にみじめな顔をする人がいることだ。信じられないけど、ほんとにいる。道で人に会って「元気？　調子はどう？」って聞かれると、こう答える。

「いや、ひどいもんだよ。あまりにひどくて信じてもらえないだろうな。まったくなにから話していいものか」

だけど、相手と別れたとたんに元気になって、不満などどこにもないって顔をする。まるで、自分のみじめさを人に話すことで、幸せになれるって感じで。

ぼくたちは歩きつづけた。アーサーの目的地はショッピングセンターのようだ。途中《とちゅう》でママの友だちを見かけた。一番下の子をベビーカーに乗せて、左右のハンドルに買い物袋を下げてる。

「こんにちは、フレイザーさん！」って声をかけた。「お元気ですか？　ぼくです。ハリーです」

だけどフレイザーさんは、こちらをちらりとも見ずに歩きつづけている。なんで声な

※12　ウォーハンマー＝フィギュア（プラスチックでできた人形）を使ったボードゲーム。
※13　アートフル・ロジャー＝ディケンズの『オリバー・ツイスト』に出てくる登場人物。

んかかけたんだろう？　幽霊の声が聞こえないのはわかってるのに。

ぼくたちはショッピングセンターに入った。

そこから歩行者天国になっている。〈ディクソンズ〉の前を通った。アーサーは立ち止まって、ショーウィンドウからコンピュータをながめた。自分より一五〇年もあとにできたものなのに、アーサーはコンピュータにものすごく興味をもってた。

「すごい」アーサーは連発した。「最近のものはすごいな。一五〇年早く生まれちゃって、すごく損した気分だよ」

「ぼくも損した気分だけど」ぼくは言った。「それは一五〇年早く〈生まれた〉ってことじゃなくて、七〇年も早く〈死んじゃった〉ってこと」

アーサーはいつものもの、これくらい長く死んでりゃわかるさって顔でぼくを見た。

「ハリー、人はたいてい死ぬのが早すぎたって思うものさ」

アーサーはそう言うと、〈ディクソンズ〉の店内に目をもどした。

「ゲームボーイを買う金があったらなあ。ドリームキャストでも、プレイステーションでもいいんだけど」

「行こうよ、アーサー」ぼくはがまんできずに言った。「もう一回どこかにとりつきに行くんじゃないの？」

「もうちょっと」

アーサーは、最新のデジタル製品を手に入れることを夢みながら、ウィンドウごしに店内を見つめつづけた。

アーサーが動くのを待ってると、通りのむこうからノーマン・ティールがやってきた。デイヴ・ティールのお兄《にい》さんだ。デイヴは同じ学校の上級生で、休み時間によく一緒にサッカーをした。お兄さんのノーマンは、もう学校を卒業して、旅行会社に就職したはずだ。

最初は話しかけるつもりはなかった。そんなことしてもむだなのはわかってる。だけど、ぼくはもともとおしゃべり好きで、知った顔を見ると、声をかけずにはいられないほうだから、ついあいさつした。

「こんにちは、ノーマン。お元気ですか？」

てっきりフレイザーさんみたいに、ぼくのむこうを見るだろうって思ってたのに、ノーマンはいきなり立ち止まって手を差しだした。

「やあ、ハリーじゃないか。最近どうしてる？」

「ぎゃー！」

ぼくは思い切り悲鳴をあげた。まるで……。

幽霊を見たみたいに！

「しばらくだな、ハリー」ノーマンはつづけた。「どうしたんだ？　死んだんだろう？」

「うん」って答えようとした。

「今はどこに住んでる？」

「お墓のなか」って答えようと思っても、一言も声が出ない。

ぼくはどうしていいかわからず、その場に立ちつくした。怖《こわ》くてたまらない。ぼくは死んでるのに、ノーマンはまるでぼくが生きてるかのように話しかけてくる。

幽霊にとりつかれたような気分だった。ノーマンは立ち去ろうとしない。恐《おそ》ろしい悪《あく》魔《ま》みたいに、立ったままうなずいたり笑ったりしてる。ぼくは頭がおかしくなりそうだった。だけどようやくその謎《なぞ》が解けた。

「ぼくも死んでるんだよ、ハリー」ノーマンが言った。

「わからなかったかい？　急に死んじゃったんだ。休暇中《きゅうかちゅう》になにかのウィルスに感染したらしい。熱が四〇度も出て、気づいたら死んでた。ここへ来たのは、二、三やり残したことを片づけて、思い出の通りをもう一度歩こうと思ったからさ。まさかここできみに会えるなんてな。死んだとは知らなかった。世間は狭《せま》いな。さて、ぼくは行かないと。

用があるんだ。じゃあ」

ノーマンは、まだ店の商品を夢中でながめてるアーサーに軽く頭を下げると、通りを去っていった。

ぼくはアーサーを見つめながら、アーサーがスロットマシンにしたことを考えた。死んでたって、物事をうまくあやつれる方法があるんだ。いったい、どれくらいのことができるんだろう?

じつは、ぼくにはある考えがあった。計画といってもいい。それは、心穏《おだ》やかになって〈彼方の青い世界〉のむこうにある場所に旅立つために、しなければならないことだ。それは、やり残したことを片づけるってこと。お姉《ねえ》ちゃんのエギーに「ぼくが死んだら、きっと後悔《こうかい》するぞ」なんてひどいことを言って飛びだして、仲直りもできないまま、ほんとに死んじゃったから。

この世にほんとのお別れをして次に進むには、エギーと仲直りしなきゃ。そうじゃないと、アーサーのように、〈死者の国〉をさまよい、見つからない人を探しつづけて、自分がいた場所にとりつき、生きてる人のなかで、影《かげ》の影みたいに、幽霊の幽霊みたいにうろうろすることになってしまう。

だけど、どうやってエギーに伝えたらいい？

「エギー、ごめんね。エギー、悲しまないで。エギー、ひどいこと言っちゃって、そのうえ飛びだしたままもどれなくてほんとにごめん」って言葉を聞いてもらうにはどうしたらいい？　生きてる人にはこっちの声が聞こえないのに、いったいどうしたら？

どう考えても、うまくいきっこない。

それでもぼくは計画をたてた。ただ実行に移すには、そのやり方と力の出しかげんを覚えて、アーサーみたいに思いどおりに物を動かすこつをつかまなくちゃいけない。

木から葉を落としたり、ジェリーの手からペンを飛びださせたように、ほかのものも動かすことができたら。そしたら、ペンを動かして書くことができるかもしれない。もし、生きてる人に意思を伝えられたら。もし、エギーにぼくの気持ちを全部伝えることができたら。

もし、もし、もし……。

時間をもどして、ちゃんとさよならが言えたら。

アーサーなら、やり方を教えてくれるかもしれない。それとも、教わるより自分でやってみるしかないのかも。

アーサーに聞こうと、振《ふ》りかえった。

「アーサー、きみが……」

だけど、いなかった。通りのどこにもいない。そのうち、街灯のなかほどに取りつけられた花かごに座ってるアーサーを見つけた。

しかもひとりじゃない。その隣《となり》の花かごにもだれかが座っていた。

「やあ！」

ぼくは見上げて「やあ」って返そうとしたけど、目の前のふたりに驚《おどろ》いて言葉が出なかった。

そこにいたのは、別の幽霊だった。着てるものから考えて、死んでからかなりたってそうだった。最近の服装じゃなくて、昔のニュース映像で見るような、だぶだぶのスーツを着てる。

「やあ、ハリー」アーサーがまた言った。「上がってこいよ」

スーツを着た幽霊がぼくを見おろした。

「そうだ、上がっておいで。小柄《こがら》だから平気だろう。もうひとつかごがある」

ほかにすることもなかったから、空中に飛びあがり、街灯にいるふたりの仲間になると、まるで休日に遊んでるみたいに、花かごに座ってのんびりゆられた。死を休日と考えれば、たしかにぼくたちは休日をすごしてるって言えるかもしれないし、そう思う人がいても不思議じゃない。

スーツを着た幽霊がアーサーのほうをむいて言った。

「この子は？」

「ハリー」アーサーがそう言って、それぞれを紹介《しょうかい》した。「ハリー、こっちはスタンさん」

ぼくたちは握手《あくしゅ》した。握手っていうか、もうわかるよね？

「やあ、ハリー」スタンさんが言った。「もう死んで長いのかい？」

「すごく長い気がするけど、まだ数週間てところかな」

スタンさんは、わかるよという顔でうなずいた。

「そうそう、時間はおかまいなしに、飛ぶように過ぎていくからなあ。死ぬと、時がたつのがあまりに速くて驚くよ」

スタンさんは急にアーサーのほうをむいた。

「ところで、あの子を見かけたかい？」

アーサーは、あたりを見まわしもせずに「ううん」と言った。

「スタンさん、残念だけど、見てないよ」

スタンさんはちょっとがっかりした顔をした。

ぼくはスタンさんをこっそり観察した。かなり年を取ってる。七十歳《さい》か、もっと上かもしれない。なんで街灯にのぼってるのかはわからない。わかるのは、なにかやり残したことがあって、そのために、〈死者の国〉を越えて、〈彼方の青い世界〉に行くことができずに、ここにいるらしいってことだけ。

アーサーは、ぼくの思ってることがわかったのか、少し説明する気になったらしい。

「これはスタンさんの街灯なんだ。そうだよね、スタンさん？」

「ああ」スタンさんはうなずいた。「そうだ」

「ここにもう何年もとりついてるんだよね？」

「そうだ」

ぼくはなんて答えていいかわからず、ただうなずいて、「それはおもしろいですね」と言ったけど、ほんとはそんなこと思ってなかった。なんかすごくばかばかしい気がした。この世でとりつく相手が、よりによって街灯だなんて。せめて映画館とか、立派な屋敷《やしき》とか五つ星のホテルにすればいいのに。居心地《いごこち》のいい場所や、楽しいところならわかるけど、街灯にとりつくなんて、わけがわからない。

ぼくなら絶対に映画館だ。考えれば考えるほど、いいアイデアに思えた。だって、この近くにある映画館はほんとに大きくて、なかに劇場が十二もあって、毎週新作をやってる。ここなら一生、というか、死んでるあいだじゅうずっといて絶対にあきない。大人しか見られない、血なまぐさい暴力ものや、汚《きたな》い言葉がばんばん出てくるのや、いやらしい場面が出てくるのも見られる。

ぼくは映画館に行きたくてたまらなかった。これから行けば、午後の上映に間にあうし、そのままそこにとりつくこともできる。だけどふと、エギーとママとパパと、やり残したことを思いだして、この先ずっとあの大型映画館で、最新作をはじから見て、そのうち映画館が古くなって取りこわされて、ほかにとりつく場所を探す、なんてことしてちゃいけないって思い直した。

それにしても、街灯！　なんで街灯なんかにとりつくんだろう？　もっとおもしろそうで、寒くない場所がいくらでもあるのに。もっともスタンさんは寒さなんて感じないだろうけど。

スタンさんは両手を目の上にかざして、通りをながめた。

「あの子じゃないか、アーサー？　今度こそ、あの子だろう？　見てくれ。きみのほうが目がいいから。そっちの子にも見えるかどうか聞いてくれ。あの子か、アーサー？

あっちからやってくるのは」

スタンさんは通りのむこうを指さした。見ると、一匹の小さな雑種犬が、飼い主もいない様子で、あたりを駆《か》けまわっては、ごみ箱をあさってた。

「あの子かい、アーサー？」スタンさんは聞いた。「ついに、見つけたか？」

だけどアーサーは、この人ほんとに頭がおかしいんじゃないかって顔で、スタンさんをちらっと見ると、言った。

「もう死んでるよ、スタンさん。あの子だってとっくに死んでる。犬は人間ほど長生きじゃないから、スタンさんが五〇年も幽霊をやってるなら、あの子だってもう幽霊になってる。生きてる犬より、幽霊犬を探したほうがいいよ」

だけどスタンさんは、どうしても納得できないようだった。

「そうともかぎらないさ。あれはじょうぶだったからな。いつも元気に飛びまわってたもんだ。だから、まだ生きてるかもしれん。私が死んだとき、まだ六歳だった。ということは、まだ五十六歳じゃないか。犬にしたって、たいした歳じゃない。同じ年ごろの犬が、まだいっぱいいる」

「それは、ぬいぐるみだよ」

アーサーは言った。たしかにそうだけど、言い方がちょっと冷たい気がした。

スタンさんは、その犬をもっとよく見ようと、花かごのなかで立ちあがった。「気をつけて！」風でかごがゆれたので、ぼくは大声で言った。「危ない！　落ちちゃうよ！　三人とも落ちて……」

落ちて、どうなる？　最後までは言わなかったけど、どっちにしろ、スタンさんは聞いてなかった。

「あの子だ！」スタンさんはしだいに興奮して言った。「あの子だ！　まちがいない！　絶対あの子だ！　可愛がってたウィンストンだ！　やっと見つけたぞ！」

そのとき、みすぼらしい身なりの男の人が曲がり角から現れた。片手に缶《かん》ビールを持ち、もう片方の手に犬の引き綱《づな》みたいなひもを持ってる。男の人が口笛で呼ぶと、犬は駆け寄っていって、男の人と一緒に、ある店の玄関先《げんかんさき》に座った。男の人は帽子《ぼうし》を舗道に置くと、道行く人に「小銭をめぐんでください」と言い始めた。

スタンさんは、花かごに腰《こし》をおろした。その顔は悲しそうで、とても沈んでいて、一気に年を取ったように見えた。

「ちがう。あの子じゃない。ほかの人の犬だ。似てたんだがな。ほんとにウィンストンに似てた。よく見ると、模様がちょっとちがってるが、それでもよく似てる。そっくりだ。だからてっきりそうじゃないかと……いや、気にせんでくれ」

ぼくはスタンさんが気の毒になったし、アーサーもそう感じてるらしかった。

アーサーが言った。

「ねえ、スタンさん。ハリーとぼくは、またしばらく〈死者の国〉にもどるけど、一緒に行かない？　ウィンストン探しは少し休んだほうがいいよ。気分転換《てんかん》も必要だ。さあ、行こうよ！」

だけど、だめだった。

「いや、いい。もうちょっとここにいよう。あの子が現れるかもしれないからな」

「だけど、スタンさん、」アーサーは言った。「五〇年もこの街灯にいるんだから、もう充分だよ。五〇年探しても見つからないってことは、もう……」

たしかにスタンさんも望みがないことぐらいわかってた。わからない人なんていない。だけど、それはそのままアーサーにも当てはまる。

「アーサー、きみはもう一〇〇年以上もお母さんを探してるじゃないか。一〇〇年探しても見つからないってことは、もう……」

ぼくはそう言いたくなった。

だけど人間っていつもそんなものだ。他人のことだとよく見えるのに、自分のことだと、見えなくなってしまう。

スタンさんは言った。

「いや、もうちょっとここにいるよ。ありがとうな、ぼうやたち。だけど、もうしばらくここにいる。あの子が現れるかもしれん」

「わかった」アーサーが言った。「じゃ、またそのうち」

「きっとな」

スタンさんが答えた。

「それじゃあ」ぼくは言った。「犬が見つかるといいですね」

「ほんとになあ。じゃあ、ハリー。またな」

「さよなら」

「さよなら」

アーサーとぼくは花かごから飛びおりると、また歩きだした。どこにむかってるのかわからないので、ぼくはアーサーの少し後ろを歩くことにした。それならアーサーについていけるし、ひとりで行動してるようにも見える。

一度だけ振りかえって、スタンさんがまだいるか確かめた。スタンさんはあいかわらず花かごに座って通りを見つめ、五〇年も離れ離れになってる犬を探してる。その姿は、本のさし絵で見るような、昔の帆船《はんせん》の見張り番みたいだった。見張り台にのぼった水兵が「鯨《くじら》が潮を吹いたぞ！」って叫《さけ》ぶみたいに、スタンさんが大声で叫ぶと、ショッピングセンターの人たちが全員、愛犬を探して駆けだしそうな気がする。

アーサーが足を早めた。早く〈死者の国〉にもどって、お母さんを探したいらしい。ぼくはなんとかついていこうと、小走りになった。これじゃあ、スロットマシンの操り方なんて聞く暇《ひま》はない。ぼくはあんまり急がされて、ちょっとむっとしたけど、もっとゆっくり歩いてくれって頼《たの》むのもくやしかったし、ひとりで〈死者の国〉にもどれる自信もなかったから、アーサーを見失うわけにいかなかった。ここに取り残されて、生きてる人に混じって、永遠に幽霊として過ごすなんて、絶対いやだ。そんな暮らしは願い下げだ。

ぼくたちは、大通りにむかった。アーサーはかまわず進んでいったけど、ぼくは横断歩道に来ると、信号が青になるのを待った。安全第一がぼくのモットーだ。

「ハリー、早く」アーサーが呼びかけてくる。「ぐずぐずするなよ！」

アーサーはどんどん先に行った。

公園に入る道へと折れて園内を横切ると、すぐに線路わきの小道に出た。この道は大型映画館の裏に面している。

アーサーが急いでもどって、お母さんを探したいのはわかってたけど、ぼくは映画館を無視して通りすぎることができなかった。

「アーサー、ちょっと待っててくれる？　二分だけ。ちょっと映画館をのぞいてきたいんだ」

アーサーは顔をしかめたけど、立ち止まって言った。

「ああ、わかった。だけど急いでくれよ、ハリー」

「一緒に行かない？」

「いや、いいよ。入ったことあるから。ここで待ってる。だけど二分だけだぞ。映画に夢中になって、帰る途中だってことを忘れないでくれよ」

「約束する。二分だけだから」

そう言ってなかに入った。

映画館のロビーは、がらんとしてた。雨の降る日曜の午後と大ちがいだ。窓口でチケットを買おうとしてる人がふたりしかいない。アイスクリーム売り場の女の人はあくびをしてるし、チケット切りの男の人は、壁《かべ》によりかかって爪《つめ》をかんでる。

ぼくは上映一覧をながめた。封切《ふうぎ》られたばかりのウォルト・ディズニーの新作をやってる。ぼくが死んでから公開されたにちがいない。それをちょっとだけ見ることにした。

アーサーに二分だけって約束したんだから、夢中にならないように自分に言いきかせた。ディズニーを上映してる劇場の番号を確認した。八番でやっていて、次の上映が始まるところだった。あくびをしてる女の人と、爪をかじってる男の人の横を通りすぎ、分厚いベルベットの絨毯《じゅうたん》の上を飛んで、八番のドアからなかに入った。暗闇《くらやみ》にも目がすぐに慣れた。スクリーンでは朝食用シリアルのコマーシャルをやってる。こんな時間に客はあまりいないだろうと思いながら、あたりを見まわした。だけど、ちがってた。劇場は満席で、すごく混んでいた。

それも幽霊で。

ぼくはぞっとした。幽霊だらけだ。人間はひとりもいない。幽霊がずらっと並んで、映画が始まるのを待ってる。身体《からだ》がぶるぶる震《ふる》えてきた。それだけじゃない。やり残したことを抱《かか》えて、ここから新しいところへ移れない人が、こんなにもたくさんいることを知って、ぼくはなんだか悲しくなった。

どんなことがあっても、こんなふうにはなるもんかってぼくは思った。絶対いやだ。午前中はやり残したことのために時間を費やし、午後は最新作を見てしばらく悩《なや》みを忘れようと、ほかの幽霊たちと映画を見てるなんて。

よく見ると、幽霊たちはちっともこわくない。どっちかっていうと悲しそうで、だれにもわかってもらえないって感じだ。だけどぼくはいやだ。そうはならない。エギーと仲直りして、みんなにちゃんとお別れをして、〈彼方の青い世界〉のむこうにあるものを確かめに行くんだ。悲しい幽霊にはならない。絶対に。

劇場の入り口近くに立ってると後ろのドアが開いて、女の人がふたり、よちよち歩きの子どももふたりと五歳くらいの女の子を連れて入ってきた。ドアの開く音で、幽霊全員が振りかえり、生きている人間が入ってくるのを見て、大きなうめき声をあげた。もちろん入ってきた人には聞こえないけど。それから幽霊たちは、好き勝手に文句を言い始めた。

「なんてこった！」前列にいた、太った幽霊が言った。「人間だ！　しかも子ども連れ！　最悪だ！」

「ポップコーンを持ってる！」別の幽霊がうめいた。「それにお菓子《かし》も。セロハンで包んである！　うるさい音を立てられちゃかなわない」

「あの子どもたちは、きっと映画のあいだじゅうしゃべってるぞ！」また別の幽霊が文句を言った。「一番いいところで、トイレって騒《さわ》ぎだすんだ！　音を立ててジュースを飲むし！　おい、待て！　私の上に座るつもりか！」

ぼくはドアにむかった。三人の子どもを連れたふたりの女の人にも、ポップコーンやお菓子にも、そのまわりで、ひねくれ者の集団のように文句を言ってる大勢の幽霊たちにも背をむけて。

「あんなふうにはならない」ぼくは自分に言いきかせた。「どんなことがあっても」

外へ出てアーサーを探すことにした。最後に聞こえたのは、映画が始まったとき、お菓子の包みのことで振りかえって文句を言ってる、前列の太った幽霊の声だった。

「おい！ 子どもたちを静かにさせろ！ 幽霊たちが映画を見にきてるんだぞ！ 少しは考えろ！」

こういうやつらが、幽霊の評判を落とすんだ。ほんと、死んでるのが恥《は》ずかしくなってくる。

帰りはロビーを通らずに、ビルの壁を抜けて外へ出た。死んでると便利なこともある。いつでも近道できるから。外へ出ると、アーサーが、時計を見るふりをしてた。

「まったく長い二分だな」

アーサーはそっけなく言った。

「ごめんよ、アーサー。だけどびっくりしたよ。幽霊がいっぱいいたんだ」

「だと思った。いつもそうなんだ。だからなかが寒いんだよ。エアコンで涼《すず》しいんだとみんな思ってるけど、じつは幽霊がいるせいさ。まあ、気にするなって。今からもどれば大丈夫《だいじょうぶ》だ。ついてるよ、急げば間にあう」

「間にあうって？」

アーサーはなんのことを言ってるんだろう。

「あれさ！　きみが映画館にいるあいだに、にわか雨が降ったんだ。あれが〈死者の国〉への近道さ」

「どこ行くの、アーサー？」

「あそこだ。さあ早く。急がないと消えちゃう」

アーサーはそれにむかって駆けだした。

ぼくの目にも、はっきり映った。一〇〇メートルも離れてない。それは、日ざしをあびて大きな光の輪みたいにかがやいていた。万華鏡《まんげきょう》のような美しい色でできた、見事な虹《にじ》のアーチだった。

10 家——Home

「あのてっぺんまでのぼるんだ」アーサーは言った。「それだけで、あとは身を任せればいい」

ぼくはなにを言われてるのかわからなかった。それが顔に出たらしく、アーサーはつけくわえた。

「心配いらないよ、ハリー。行けばわかる、さあ早く」

ぼくは、虹《にじ》にむかって駆《か》けだしたアーサーについて行こうとして、ふとためらった。

空には、大聖堂の屋根のように大きな虹が弧《こ》を描《えが》いてる。

「行こう、ハリー」ぼくがためらうのを見て、アーサーが言った。

「早く。ぼくはもどらなきゃ。母《かあ》さんを探すんだ。今ごろ受付のあたりで、ボタンを持った男の子を探してるかもしれない」

だけど、ぼくは迷ってた。このままじゃもどれない気がした。まだだめだ。帰れない。やり残したことをかかえたままじゃ。早くなんとかしなきゃ。でないと、この先ずっと、その思いにとりつかれたままで、落ちついた気持ちになる日なんてこないだろう。

「アーサー、ひとりで行って」ぼくは言った。「ぼくは次の虹を待つよ。次のに乗る」

アーサーは、ぼくを置いて行きたくなかったらしく、ちょっと困った顔をした。

「ハリー。ここにいちゃだめだ。ぼくたちが長くいるところじゃない。遊びに来るくらいならいいけど、ずっといちゃだめなんだ」

「ずっといる気なんてないよ。だから行けないんだ。もう、ここで暮らせないのはわかってる。ただ、やり残したことにけりをつけたい。片づけなきゃならないことがあるんだ。それがすんだらすぐにもどるから」

アーサーはまだためらってた。じゃあ、やり残したことを片づけるまで一緒《いっしょ》にいてやろうかって、言おうかどうか悩《なや》んでたのかもしれない。虹が消え始めたので、ぼくはアーサーに、早く乗らなきゃ消えちゃうよってせかした。それでもアーサーは迷ってた。

「ほんとに大丈夫《だいじょうぶ》か、ハリー？」

「もちろん。ひとりでやれるよ」

「どうなるかわからないぞ」

「どうなるかって、今さらどうなるっていうの？　ぼくは死んだんだよ、アーサー。これ以上ひどい目にあうことはないって」

アーサーはぼくをじっと見つめてから、肩《かた》をすくめ、あきらめたように言った。

「わかった、ハリー。きみがそう言うならしかたない。なにが起こっても、あとはきみの問題だ」

「うん、わかってる」

アーサーが笑みを見せた。ぼくが笑いかえすと、アーサーは手を振《ふ》って言った。

「じゃあ。またあっちで会おう」

「うん。それから、いろいろありがとう。気づいたら死んでて、最初はショックだったけど、アーサーに教えてもらったり、案内してもらってとても助かったよ」

「どういたしまして。虹が消えそうだから、もう行くよ。これ以上ぐずぐずしていたら……」

そこまで言うと、アーサーは消え始めた虹の端《はし》に飛びついた。それから虹の弧そって飛びながらてっぺんまで行くと、一瞬《いっしゅん》まぶしく光って消えた。アーサーは〈死者の国〉にもどり、ぼくはひとり残された。今までにないくらい心細くなった。

急に寒気を感じた。幽霊《ゆうれい》用のコートでもあればいいのに。寒くて心細くて泣きたくなった。死んでからこんな気持ちになったのは、初めてだ。

だけど、どんなにつらくても、ここでくじけるわけにはいかなかった。気持ちがめげないようにふんばらなきゃ。ただでさえ幽霊はあんまり役に立たないのに、落ちこんでる幽霊なんてどうしようもない。

しばらくながめているうちに、虹が消えた。さっきまで輝《かがや》いてた虹が、もうどこにもない。ぼくもそろそろ行かなきゃ。ぼくは来た道をもどって、街のほうへ歩きだした。行き先は決まってる。

家だ。

アーサーがいないので、考える時間が増えた。友だちが一緒だと、話題がなくてもなにかしゃべらなきゃって思うことあるよね。退屈《たいくつ》なやつだって思われないように、会話をつづけようとして。

だけどひとりだと、次になにを言おうって気にしなくてすむ。好きなだけ考えごとができる。板チョコをひとり占めしてるような感じだ。

ぼくは、歩行者天国のショッピングセンターを抜《ぬ》けた。スタンさんはまだ街灯の花かごに座って通りを見つめ、ウィンストンを探してた。

「スタンさん、見つかった?」

ぼくは通りすがりに、あいさつだけしようと声をかけた。

「いやあ、まだだ。だが今日はついてる気がする」（スタンさんは毎日そう思ってるんじゃないかって気がした）

「友だちは？　ひとりかい？」

「アーサーはさっきの虹に乗って、もどったよ」

「ああ、そうか」

そう言うとスタンさんはぼくから目をそらして、犬を探し始めた。もう話すこともなさそうだったので、ぼくは考えごとをしながらまた歩きだした。

考えることはいっぱいあった。いろんなことが頭をよぎる。〈彼方《かなた》の青い世界〉はどんなところなんだろう？　どんなことが起きるんだろう？　ぼくはどうなるんだろう？　心配しなくちゃいけないようなことがあるんだろうか？　それともそう悪くないところなんだろうか……？

行き先や方向を意識してたわけじゃないのに、足が道を覚えてて、自然と家へむかってた。まるで足が電車の車輪で、ぼくは電車にゆられる乗客みたいだ。

気づくと大聖堂のそばに来てたから、時計を見た。アーサーとふたりで〈死者の国〉を出てから、かなりの時間がたってた。三時半になるところだ。エギーは学校を出るころだろう。ママもパートタイムの仕事を終えて家にむかってるはずだ。パパはフレックスタイムで働いてるから、なにをしているかわからない。仕事中かもしれないし、しばらく残業をつづけたからって、午後は休みにしてるかもしれない。パパは、ほかの人が働いてるときに休むのが好きで、ときどきそんなことをする。

学校の前を通った。校舎は空っぽで、みんなはもう通りに出ている。ランチボックスやカバンをさげた子もいるし、制服姿の子もいれば、ジーンズにスニーカーの子もいる。

ぼくのまぼろしの喉《のど》になにかがつまった感じがした。腹《はら》が立って、悲しくて、切なくて、泣きだしたくなった。死んでから初めて、ぼくは大声でわめきたかった。

「こんなのおかしいよ！　不公平だ！　ぼくの人生を返して！　まだ子どもだよ。死ぬはずじゃなかったのに！　あのトラックがいけないんだ。ぼくはなんにも悪くない。なんでこんな目にあわなきゃならないんだよ！　不公平だ！」

じゃあ、だれならいいんだろう？　ひどい目にあってもいい人なんている？　いや、だれもいない。ひどい目にあっていい人間か、そうじゃないかなんてことは関係なく、いろんなことが起こるんだ。

それでもぼくは、やっぱり不公平だって思いながら、みんなが通りすぎていくのをながめた。だれもが、ぼくのそばや体を通りすぎながら、笑ったり、ふざけあったり、けんかをしたり、友だちとしゃべったりしながら、楽しそうにはしゃいでた。

もう一度生きたい。ぼくは強く思った。言葉では言い表せないぐらい強く。生きたい。生きて、みんなの仲間に入りたい。今までは当たり前だと思ってた普通《ふつう》のことがしたい。サッカーボールをけったり、ポテトチップスを一袋《ひとふくろ》食べたり、そういうほんとに小さなことがしたくてたまらない。

みんながうらやましかった。生きてる子どもたち全員が。もちろん、だれもが幸せなわけじゃないだろう。なかには、貧乏だったり、運が悪かったり、いじめられたり、テストのことで悩んだり、家でもめごとがあったり、ただただ不幸だっていう子もいるだろう。だけど、それでもうらやましかった。ほんとに。その不幸までもがうらやましい。だって、少なくともみんなは生きてるんだから。ぼくとちがって。

だからアーサーは、ぼくをひとりここに残して行きたくなかったんだ。ぼくはアーサーが心配したとおりになったのかもしれない。自分にとって危険なのはほかのだれでもない。自分自身だ。今のぼくは、ものすごく混乱してて危険なんだろう。

そばを通りすぎる子どもたちを見ないようにしながら、歩きつづける。うつむいたまま歩道を見つめ、公園を横ぎった。サッカーをしてる音や、ブランコがきしむ音が聞こえる。自転車が走っていく音、アイスクリーム売りの車から聞こえる音楽、話し声、笑い声……。

気にするな。気にしちゃだめだ。

下をむいたまま、公園内を縫《ぬ》うように走る細長いアスファルトの道をたどり、市民菜園の裏手を回って、ようやく古い教会の敷地《しきち》に出た。この先の小道を行くと、ぼくの家の裏に着く。

人の声や、アイスクリーム売りの車から流れるスノーマンの曲が遠くなった。アイスクリーム売りの車が走りさると、その曲も消えていった。アイスクリーム売りは、汗《あせ》をかいて冷たいものをほしがってる子どもたちを探して、また別の公園にむかったんだろう。

ぼくは顔を上げた。公園を出たから、もう安心だ。ここなら、仲間はずれの気分にも、ひとりぼっちで悲しい気持ちにもならなくてすむ。

そこは墓地だった。


墓の列にそってゆっくり歩きながら、いつもみたいに墓石の文字を読んだ。生きてたころ、ここでよく一番年をとって死んだ人と、一番幼いうちに死んだ子の墓を探した。なんでそんなことをしたのかはわからない。ただ興味があったんだと思う。

ふと立ち止まって考えた。

「ぼくのお墓はどうなってるだろう？」

ここに埋葬《まいそう》されてるはずだ。ぼくは小道を外れ、一番奥《おく》にある新しい墓の一角へ急いだ。そして、最近できた墓の列を順番に見ていくと、最後から四番目にぼくの墓があった。

ぼくのだ。ほんとにぼくの墓だ。それを見て、すごく自慢《じまん》したい気持ちになった。ほんと、見てほしかったぐらいだ！　いや、あの場所に行けば、だれでも見られる。ほんとに立派なお墓だった。たぶん、みかげ石か、つるつるの大理石だ。色もすごくきれいで、秋を感じさせる、暖かみのある赤茶色。あんないい石なら、宝石だって作れる。縁《ふち》には模様が刻まれている。波の模様だ。ごてごてしてなくて、シンプルでかっこいい。ぼくの名前と生年月日、それからトラックにはねられた日が刻まれてた。家族のみんなからの短い言葉もある。今までもこれからも、ぼくをとても愛し、ずっと心のなかで大切に思っているって刻まれてた。墓石の手前の地面に、小さな花びんが埋《う》めてあって、まっ赤なバラがいっぱい差してあった。赤はぼくの一番好きな色だったんだ。

そのバラをそろえなおしていた人がいた。それは……。

パパだった。

なんて言ったらいいんだろう？　言葉にできない。いや、言葉にしようとしてもむだだと思う。だけどこれだけは言える。自分が生きててだれかが死んだら、その人にはもう二度と会えないって思って、すごく悲しくなる。それはとてもつらい。だけど自分が幽霊になって、だれかにまた会えても、相手には自分が見えないし、話したり、手をつないで歩いたり、サッカーをしたり、一緒にぶらぶらしたり、抱《だ》きついたりすることもできない。

これも、すごくつらい。

ぼくは悲しくてたまらなかった。それ以外、言いようがない。

パパとぼくは、しばらくそこに立ってた。パパは墓を見つめ、ぼくはパパを見つめながら、ふたりとも悲しそうな顔をしてた。そのうちパパが腕時計《うでどけい》に目をやって、しかたないとあきらめたように言った。

「またな、ハリー」

ぼくは「やあ、パパ」って声をかけた。もちろん、パパに聞こえるはずなかったけど。

パパが言った。

「また明日《あした》来るからな、ハリー、いつもどおりに」

ぼくは、パパに悲しんでばかりいてほしくなかったから、こう答えた。

「いいよ、パパ。毎日来なきゃなんて思わないで。週に一度でいいって、ほんとに。ひと月に一度でもかまわない。ぼくの誕生日だけだっていい。それでじゅうぶんだよ。休暇《きゅうか》に出かけてしばらく来られなくなったって、いいんだ。たまには隣《となり》のモーガンの奥さんに頼《たの》んでくれてかまわない。そのほうがいいよ、パパ。いつもそんなに悲しそうにしているより」

だけど、もちろんパパには聞こえなかった。

「じゃあな、ハリー」パパは言った。「じゃあ」

パパは墓地の小道を歩いていった。ぼくは走って追いかけた。いつもなら早足で、元気よく腕を振って弾《はず》むように歩くパパは、重たい足取りで、腕をだらりと下げて、もの思いにふけって、力なく歩いている。

「待って、パパ!」ぼくは大声で言った。「ぼくも行く!」

パパは家のほうへむかった。ぼくはすぐに追いついた。これじゃあ、死んだのはぼくじゃなくてパパみたいだ。

「パパ、帰るの?」って聞いた。

きっとそうだろう。ほかに行くところなんてない。

「一緒に帰ろうよ」

手を伸ばして、生きてるパパの手に自分の幽霊の手をすべりこませ、一緒に小道を歩く。

　事故にあう少し前あたりから、もうパパと手をつなぐのは恥《は》ずかしいって思うようになった。ぼくぐらいの年になるとそう感じるよね？　それと同じで、ママにキスされるのもいやになって、せめて人前ではやめてほしいって思ってた。だけど、今は手をつなぐのが、ちっともいやじゃなかった。人に見られてもかまわない。パパと手をつないでるところを、世界じゅうの人に見られたっていい。いや、見てほしいって思った。ほんとに手がつなげたら、どんなにいいだろう。


　家に着くと、ぼくはパパがドアを開けるのも待たずに、先にそこを通り抜け、まっすぐキッチンへむかった。ママがきっと食事のしたくをしてる。エギーもいて、きっと制服姿のまま、ビスケットを頰ばってるにちがいない。

　壁《かべ》を抜けたとたん、ふたりがいた。だけど、思ったのと全然ちがってた。ひどくやつれてる。だれか死んだみたいだ。そのときぼくは、ほんとにだれかが死んだところなのかなって思った。ぼくじゃなくて、ほかのだれかが。もしかしたら、ネコのオルトが、ぼくがちっとも帰ってこないから、悲しみのあまり死んだのかもしれないって。ちがってればいいけど。そんなことになってたら、ぼくはかなりショックだっただろう。たしかにオルトはただのネコだけど、自分のうちのペットはすごくかわいいもの。それはスタンさんを見ればわかる。「見れば」って言っても、生きてる人には、3Dメガネ[※14]をかけたって、街灯にいるスタンさんは見つからない。

パパがドアを開けて入ってくると、ふたりは顔を上げた。「おかえり」も「今日はどうだった?」も「道は混んでた?」も「夕刊取ってきてくれた?」もなにもない。ただ目を合わせるだけ。パパはふたりにうなずいて「寄ってきた」と言うと、椅子《いす》に腰《こし》かけた。

「わたしも今朝《けさ》寄ったわ」ママが言った。

「あたしも帰りに寄ってきた」エギーが言った。「パパと行きちがいね」

「そうだな、きっと」パパは言った。

それから三人は、さびしそうな顔で座ってた。あんまり沈《しず》んでるから、帰ろうかと思ったくらいだ。〈死者の国〉がみんな陽気な人ばっかりってわけじゃない。沈んでる人もいる。でも、これほど沈んでる人はいない。アーサーのいいところは、死んで一五〇年もたってるくせに、一緒にいると楽しいことかな。今だけどこの三人は、信じられないくらい悲しそうな顔をしてる。ほんとにひどい。

※14　3Dメガネ＝物が立体的に見えるメガネ。

になる。

ぼくは、なんとか元気づけなきゃって思った。でも、どうやって？　ぼくはいつもの自分の席に座ると、みんなの気晴らしになることはないかって考えた。それで思いついた。

「ねえ、モノポリーやろうよ！」

無言。返事はない。三人とも、なにも聞こえなかったみたいにただ座ってる。

「わかった。じゃあ、スクラブルは？」

無言。みんな、ぼくの後ろを見てる。

「じゃあ、トリヴィアは？　ぼくとパパ対ママとエギー。どう？　今ゲームを持ってくるから、待ってて」

だめだ。ちらとも見ないし、まばたきもしない。これじゃ死んだほうがましだ。いや、もう死んでるけど、ぼくが言いたいのは……まあ、いいや、やめとこう。そのうち死んでみればわかるんだから。今はこれくらいでいいや。

ぼくはどうしていいかわからなかった。どうやって元気づけたらいい？　なんて言えばいい？　できることは？　ぼくにはお茶も入れられない。できるのは、だれの目にも見えないまま、キッチンで立ってることだけ。

ある考えがひらめいた。三人を元気づけるのとは別のことだけど、これはとびきりのアイデアだ。この家にずっととりついていればいい！　永久にここにいれば、以前のように暮らせる。ぼくはまた自分の部屋《へや》が持てるし、前と同じように生活をつづけられるし、なにも変わらない。ちがってるのは、ぼくが死んでるってことだけだ。

死んでたって、一緒に暮らせなくはない。また家族がそろうんだ。ぼくとママとパパとエギー。もし、自分の姿をなんとかみんなに見せることができれば、ぼくがみんなを見られるように、みんなの目にもぼくが映る。今までどおりに一緒に暮らすわけだから、変に思われないように前もって人に注意しておいたり、自分たちで気をつければいい。

たとえば、家族で動物園に行ってパパが切符《きっぷ》を買うとき、大人《おとな》二枚と子ども二枚と、おばあちゃんが一緒ならシルバー割引一枚って言うんじゃなくて、大人二枚と子ども一枚、シルバー割引一枚と幽霊一枚って頼まなきゃいけない。幽霊にも割引があるはずだ。もしかしたら、動物をおどかさなければ、無料で入れるかもしれない。

きっとうまくいく。これなら大丈夫だ。食事に出かけるときは、みんなが食べるのをただ座って見てるしかないけど、一緒にいられるならかまわない。

だけど、よく考えたら自信がなくなった。やっぱり全然自信ない。これからエギーは大人になってくし、ママとパパも年を取ってくのに、ぼくだけは変わらない。ピーターパンみたいに、時間がたっても、年を取らずにずっと男の子のままでいるなんて。

いやだ。そんなの悲しくて、たえられない。死んだままずっと家族といっしょに暮らすなんてなんの意味があるんだろう。それにだれがこの先五〇年も、こんな悲しそうな家族と一緒に暮らしたいって思う?

「上に行くね」エギーが言った。「部屋にいる。本でも読んでるわ」

「わかったわ、ティナ」ママが言った(ぼく以外は、エギーをみんなそう呼ぶ)

「もうすぐ、食事にしましょう」

ママがエギーの肩を軽くたたくと、エギーもその手に軽く触《ふ》れた。それからエギーはパパのひたいにキスして肩を軽くたたいて、自分の部屋へ上がっていった。どうやら家族で軽くたたきあうのが、ぼくが死んでからの習慣になってるみたいだ。前はこんなこと、ほとんどしなかったのに。

やり残したことをどうにか終わらせなくちゃと思って、エギーについて部屋まで行こうとしたとき、パパがママに話しかけるのが聞こえた。

「もっと子どもがいたらって思うことがあるんだ。そうすればこんなにつらくなかったかもしれないし、もう少し気持ちが楽だったかもしれない……そう思わないか?」

ママはただ悲しそうな笑みを浮《う》かべて、テーブルごしにパパの手を握《にぎ》ると言った。

「同じよ、ボブ。子どもが一〇〇人いたって関係ないわ。まったく同じよ。ハリーのいないのが、さびしくてたまらないって思うわ、きっと」

「そうだな」パパはうなずいた。

「そのとおりだ。ハリーの代わりなんてどこにもいない。どこにも。ハリーはひとりだけだ。あんな楽しい子はいなかった。たしかに怒《おこ》って怒鳴《どな》りつけることもあったが、よく笑わせてくれた。ほんとにいい子だった。もう一度会えればな」

パパの目に涙《なみだ》があふれた。ママも涙を浮かべて言った。

「わたしも、わたしもハリーに会いたくてたまらないわ」

ママは椅子をパパの隣に寄せると、ふたりで抱きあって泣き始めた。

ぼくは最悪の気分だった。ほんとに最悪。なんとかしてやめさせなきゃ、悲しくてたまらない。

「アイ・スパイのゲームをしない？」ぼくは声を張りあげた。「気がまぎれて、落ちつくよ！」

だけど、ぼくの声は音にならず、部屋のなかはこれ以上ないくらい、しんとしてた。

「じゃあ、クロスワード」って言ってみた。「難しいのをやろうよ。そうすればほかのことを考えていられるから、何時間かは大丈夫だよ」

ぼくは自分の思いをできるだけしぼりこんで、懸命《けんめい》にママとパパに送った。それがうまくいったのか、ただふたりが泣くのに疲《つか》れただけなのかわからないけど、とにかくママはペーパータオルを取ると、パパと一緒に鼻をかんで、涙をぬぐった。そして、なにかを振り切るようにてきぱきと働きだし、冷蔵庫にむかいながら言った。

「これじゃいけないわ。食事にしましょう。食欲がなくても、食べなきゃだめ」

パパも立ちあがると、少し元気を出して言った。

「庭の芝《しば》を刈《か》ってこよう」

ママはパパを見るとうなずいて言った。

「そうね、いってらっしゃい。それがいいわ」

パパは芝を刈りに庭に出た。だけど、刈る必要なんて全然なかった。芝生《しばふ》はどこもまったく伸《の》びてなかった。きっと毎晩やってるんだ。こんな芝生を刈るなんて、魚が床屋《とこや》に髪《かみ》を切りに行くぐらい、意味がない。それでもパパは芝刈り機を動かしてる。きっと、パパにはパパなりの理由があるんだろう。

「やあ、ママ」キッチンでママとふたりきりになったので、声をかけてみた。「ハリーだよ。会いにきたんだ」

ママとこうしてふたりでいるのは、不思議な気分だった。ぼくの目には、ジャガイモを入れた鍋《なべ》を火にかけるママの姿が映ってるけど、ママにはぼくの姿が見えない。

「ぼくは幽霊になったんだよ、ママ。聞こえないのはわかってるけど、ただ黙《だま》ってここに立ってるなんてできないから。なにか言わないとまぬけな気がするんだもん」

ママは冷凍庫《れいとうこ》からフライ用の魚の切り身を取りだした。

「ママ、かっこいい墓石をありがとう。きれいな色だね。あんまりお金がかかってないといいけど。でも、もうぼくのおこづかいがいらなくなったから、その分を回せるよね」

そう言ってからすぐに後悔《こうかい》した。ママに聞こえなくてよかった。ママはきっと、ぼくを取りもどして抱きしめられるものなら、おこづかいだってお給料だって、いくらでも差しだすだろう。ぼくだって同じだ。あんなこと言うべきじゃなかった。ばかみたい。ついロからぽろっと出ちゃった。そんなつもりじゃなかったのに。

エギーのことがまた頭に浮かんだ。自転車で飛びだす前にエギーに言ったことと言われたことを思いかえした。あのときはお互《たが》いに相手の言うことがしっかり聞こえていた。だからぼくは、この世界の言葉でいうと、墓場からもどってきたんだ。

「上に行ってエギーに会ってくるよ、ママ」ママは鍋に豆を入れた。「帰る前にもう一度寄るからね」

ママはナイフとフォークを出して、テーブルに並べ始めた。四か所に置いてる。そうなんだ。一、二、三、四。コップも四つ出した。そこでやっとママは、ぼくがいないことを思いだした。少なくともママにとって、ぼくはここにいない。ママは同じことを何度もやってるらしく、そんな自分に腹をたててるように「ああ、またやっちゃったわ」ってつぶやいた。

ママは窓からちらっと庭を見た。パパが芝生の伸びてない庭に芝刈り機をかけてる。ママは今のをパパに見られなくてよかったと思ってるみたいだ。見られたら、またパパを落ちこませちゃうから。ママはぼくのナイフとフォークを引き出しにしまい、コップを食器棚《しょっきだな》に片づけた。それからこっちを、まるでほんとにぼくが見えてるみたいにまっすぐに見つめて言った。

「ああ、ハリー、ハリー、ハリー」

ぼくも「ママ、ママ」って言うと、手を伸ばして思い切りママに抱きついた。

だけど実際には、ママに抱きつくことはできなかったし、ママもぼくが見えてるわけじゃなかった。ママは食事のしたくにもどった。ぼくはキッチンを出て、エギーの部屋へむかった。なんとか仲直りして、お互いに許しあいたい。そうすれば、もう心の安らない幽霊を卒業できる。この世界をさまよい歩いたり、街灯の花かごで暮らしたり、映画館で毎日過ごしながら、生きてる人が入ってくるたびに文句を言ったりしないですむ。

そうすれば、心が穏《おだ》やかになって、次へ進める。だけど、どこへ？　新しい人生へ？　とにかく別の場所へ。〈死者の国〉の地平線の彼方へ。〈彼方の青い世界〉の岸へ。

11　二階――Upstairs

階段はいつもとちがって、キーキー音がしなかった。前はしょっちゅうその音にいらついてた。エギーにいたずらしようとして、こそこそ上がってると決まってその音がする。エギーをびっくりさせようと思って、しのび足で部屋《へや》に近づくと、キイー！　その一段に足を乗せたおかげで、計画が全部だめになる。

だけど、もうなんの音もしない。エギーの部屋から音楽だけが小さく聞こえる。エギーは聞いてないときも、ずっとラジオをつけてる。いつも小さい音にして、考えごとをしたり、なにかをするときのＢＧＭにしてるんだ。

ぼくは気づくと、いつものくせでつま先立ちで階段をのぼってた。だからいったん立ち止まって、わざと乱暴に階段を踏《ふ》みしめるようにのぼった。もちろんそれでも、なんの音もしない。

上の廊下《ろうか》まで来たとき、裸《はだか》で浴室から自分の部屋まで歩いたときの、絨毯《じゅうたん》の感触《かんしょく》を思いだした。足の指の裏がムズムズするのを感じながら、パジャマを着ようと部屋に駆《か》けこもうとすると、エギーが大声で「おちんちんが見えてる！」とか下品なことを言うんだ。だからぼくは「うるさい、黙《だま》れ。今度見てろよ」ってやり返す。

絨毯はもうムズムズしなかったけど、ぼくはその感触を一生懸命《いっしょうけんめい》思い起こした。だけど一歩進むたびに、足の指の裏にあたるごわごわした毛の感触を思いだすのが難しくなった。一歩ずつ、生きてたときの感覚が思いだせなくなっていく。

エギーの部屋のドアは閉まってた。いつものはり紙がなくなってる。ずっとはってあったから、紙をはがした跡《あと》が四角くはっきり残ってて、まわりの白があせて見えた。

エギーがドアにはり紙をしたのは、ぼくがノックしないで何度も部屋に入ったからだ。エギーは二時間かけて、紙に波線で縁取《ふちど》りして、そのなかにすごくていねいな字で注意書きを書いた。

そこにはこうあった。

「なにがあっても、絶対にノックしてから入ること。とくに男の子は厳守。なかでも、ハリーという名前の男の子は厳守のこと。きちんとした服装じゃない人はお断り。ジーンズ、スニーカー不可。ばかな弟不可。常にネクタイ着用のこと。許可なく部屋に入ったものは死ぬ！　部屋主」

エギーが注意書きを部屋のドアにはったから、ぼくも対抗《たいこう》して自分の部屋のドアに同じことをした。

ぼくのはこうだ。


「どっか行け、ブタ女！　絶対入るな。これは姉にだけ有効」


だけどエギーのほうはぼくの部屋に入りたいわけじゃなかったから、入るなって言われても全然平気で、注意書きはなんの役にも立たなかった。おまけにママに、「ブタ女」なんてひどい言葉を使うのはいけないって、はり紙をはがすように言われた。それなのに、エギーのはり紙はなにも言われなかったから、不公平だって思った。

はり紙にはすぐにどうでもよくなった。それになによりも、エギーの部屋へ入っていたずらすることができなくなったから、ほかにおもしろいことを考えなきゃならなかった。そこで今度は、服装をあれこれ変えてエギーの部屋のドアをノックして、この格好なら入れてもらえる？　って聞いてみることにした。

一回目は、ハロウィンの仮面をかぶった。二回目は素《す》っ裸《ぱだか》。三回目は水泳パンツを頭にかぶり、バナナにもじゃもじゃ毛が生えたみたいなママの古いスリッパをはいた。四回目はノックしたとたん、エギーがドアも開けずに、あっち行ってよって怒鳴《どな》った。五回目に行ったら、注意書きが書き足されてた。

「ハリーという名前の男の子は、なにがあっても入室禁止。しつこくドアをノックした場合は、口にパンチが飛んで、歯がボロボロになります。以上、ご協力よろしくお願いします。部屋主」

だから、ぼくはノックするのをやめて、エギーの気持ちが落ちつくのを待つことにした。

しばらくして、エギーの部屋にまた入れてもらえるようになったけど、用心のためなのかはり紙はそのままにしてあった。お情けで入れてあげてるのよって念を押しときたかったんだろう。だけど、その注意書きも今はない。エギーがはがしたにちがいない。「許可なく部屋に入ったものは、死ぬ！」っていう部分がいやだったんだろう。

おかしなことだけど、しつこくまとわりつかれると、その相手が早くいなくなってくれればって思うのに、いざいなくなると、うれしいどころかさびしくてたまらなくなる。

とにかく、ドアが閉まってても開いてても、鍵《かぎ》がかかっててもかかってなくても、ぼくには関係なかった。ぼくが入れない場所なんてない。イングランド銀行の金庫室に入って、金《きん》の延《の》べ棒《ぼう》をながめることだってできる。だからって、それ以上のことはぼくにはできないけど。物ごとってそんなもんだと思う。夢がかなうときには、もう自分の夢は別のところにある。

これからどうするか考えがまとまらないまま、廊下を進んだ。だけど、自分の部屋の前に来たとき、急になかがどうなってるかのぞいてみたくなって、ドアを通り抜けた。

部屋はそのままだった。なにも変わってない。ただ、きれいに片づいてた。あんまりきれいだから、人が暮らしてないのがすぐにわかる。もうすぐお客さんがくるとか、これから家を売りに出すときみたいにきちんとしてる。片づけなさいって小言を言うお母さんたちの夢の部屋って感じ。

洋服はワードローブのなかにかけたり、引き出しにしまわれたりして、全部片づいてた。雑誌やマンガは椅子《いす》の下にきちんと積んである。本や年鑑《ねんかん》は大きさ順に、正しい向きで本棚《ほんだな》に入ってた。どれも背表紙が見えるようにしてあるから題名や作者がわかる。

ベッドも整えてあった。ウォーハンマーのコマも箱にしまってあるし、ペンはペン立てにさしてある。サッカーのポスターも壁《かべ》にはったままで、端《はし》っこのはがれかかってた部分が、とめなおしてある。なにもかもそのままだ……ぼく以外は。まるで、運転手のいない車か、パイロットのいない飛行機みたいだ。だれも使ってない部屋なんて、なんの役にもたたない。

ぼくはすぐに出た。生きてたころの自分と、その自分が持ってたものをいちいち思いだしてはいられなかったし、この部屋で過ごした楽しい毎日や、幸せな時間を考えないようにした。ときには、友だちが遊びに来て、プラモデルを作ったり、ゲームをしたり、おしゃべりしたこともあったけど、たいていはひとりで過ごした。それでも平気だった。自分の部屋ってそういうものだよね。ひとりになりたかったり、ひとりになる必要があるときのための場所だから。だけど、今はひとりでそこにいたくなかった。だからぼくは、ドアを抜けて廊下へもどると、そのまま……。

オルト！

ネコの名前としては変わってるけど、これは縮めた呼び方だ。ほんとはオルタナティブって言うんだけど、長いからオルトって呼んでる。名前をつけたのはパパだ。エギーとぼくがこのネコをなんて呼ぶかでずっともめてて、お互《たが》いにわめいたり、けなしたり、いいかげんな名前を言い合ったりしてたら、パパがうんざりして、コンピュータのキーボードをたたいてる途中《とちゅう》で顔を上げ、大声でこう言った。

「よし、決めたぞ！　このネコはオルタナティブにしよう！『オルタナティブ』っていうのはどっちかという意味だからな。これでけんかは終わりだ！」

で、そうなった。

パパはきっとキーボードを見て思いついたんだ。手元を見たら〈Alt〉っていうキーがあって、これだ、オルタナティブにしようって。

だから変な名前だけど、それに決まった。だけど、もっとひどい名前になってたかもしれない。ニューメリカルとか、ページ・アップとか、スクロール・ロックとか、システム・リクワイアメントとか、キャップス・ロックとか、デリートといったパソコンのキーの名前に。まあとにかくそんなわけで、オルトになった。

部屋の壁を抜けたところで、オルトとばったり顔をあわせた。いや、正確には顔と顔じゃなくて、すねとひげって言ったほうがいいかな。ぼくは、そこにオルトがいると思わなかったから、一瞬《いっしゅん》こおりついた。

だけどオルトのほうはそんなもんじゃなかった。こおりつくどころか、氷に変身したみたいだった。体はこわばり、全身の毛は逆だって、電流が走ったみたいになってる。ぼくはアメリカの電気椅子を思いだして、ひょっとすると社会をおびやかす悪いネコを処刑《しょけい》する電気かごなんてのもあるのかなって考えた。

「やあ、オルト。さびしかったかい?」

ぼくは身をかがめて手を伸《の》ばし、オルトの体をなでて気をしずめようとした。なでることなんかできないってわかってたけど、頭のなかにはまだ、実際にオルトをなでたときの、はっきりした記憶《きおく》が残ってた。

ところがさわろうとすると、オルトは毛をさらに逆だて、まるで白黒模様のクエスチョンマークみたいに、背中を丸めた。

「大丈夫だよ、オルト。ぼくだ。元気かい? 怖《こわ》がらなくていいよ、ハリーだってば」

オルトの毛は先までピンと立って、まるでブラシみたいだ。

「大丈夫《だいじょうぶ》、オルト、ハリーだよ。今は死んでるだけだ。いい子だから……」

そう言って、オルトをなだめようとしたけど、どんなにやさしい言葉をかけてもだめだった。オルトは敏感《びんかん》なネコだから、やさしく言い聞かせば、こっちの気持ちをわかってくれるかもしれないと思ったんだけど。

その日一日、知ってる人たちのそばに立ったり、ときには人の上に座ったり、パパにしたように手をつないだり、ママにしたように抱《だ》きついたりしたけど、ぼくがいることに気づいてくれる人はだれもいなかった。気配をちょっと感じてくれる人さえいなかった。

だけどオルトは気づいた。

たしかに、動物には第六感みたいなものがあるって話は何度も聞いたことがある。嵐《あらし》や地震《じしん》を予知することも多くて、地震はその何時間も前からわかるし、嵐もまだ風が吹いてもいないころからわかるんだって。

「なあ、オルト。頼《たの》むよ。ハリーだ。ぼくだよ」

オルトのほうへ手を伸ばした。オルトは爪《つめ》を出し、ライオンの子がシマウマの子をねらってるみたいに歯をむきだしにしてる。

「オルト、ほら、ハリーだってば」

オルトは水道管から水がもれるような声をあげた。ぼくは手を出さないほうがいいと思って、後ろにさがりかけたけど、急に動いたのがいけなかったらしく、オルトは身の毛もよだつような、胃がむかつくような、鼓膜《こまく》がやぶれそうな、すさまじい叫《さけ》び声をあげた。家じゅうの鏡が割れそうだった。しかもオルトは、それだけじゃ気がすまなかったのか、もう一度同じ声をあげた。

「ミャオゥーーーーー!」

おそろしい声だった。

オルトが夜、庭でほかのネコと会って鳴きかわすのを聞いたことがあるけど、そんなもんじゃない。そういうときパパは、スーパー・ソーカーっていう三〇メートル先まで飛ばせる水鉄砲《みずでっぽう》を借りにぼくの部屋に来て、水を入れると、浴室の窓からオルトと相手のネコめがけて撃った。

そのたびにママが「やめてよ。動物虐待《ぎゃくたい》だわ」って言った。パパは「じゃあ、あいつらのうるさい鳴き声はどうなんだ？　あれだって鼓膜虐待じゃないか。それに、これはただの水だ。水ぐらいじゃけがはしない」って言って、またスーパー・ソーカーのねらいをさだめて、ピシュッ！

二匹の合唱はそれでおしまい。

だけど、この声はそんなのとは比べものにならなかった。いっぺんに一〇〇人の赤《あか》ん坊《ぼう》が泣いて、七〇〇個のサイレンが鳴って、それと同時に二〇〇〇人の先生が二〇〇〇〇本の爪で四〇〇〇枚の黒板をひっかいてるみたいな声だ。

最悪。

エギーの部屋のドアが勢いよく開いた。

「オルト！　どうしたの？　なんでそんなおそろしい声を出してるの？」

ママとパパがキッチンから出てきて、階段の上を見あげた。

「エギー！　どうしたんだ？　オルトがどうかしたのか？」

三人がオルトを見つめ、オルトはうなりながらぼくをにらんでる。今にもぼくの喉《のど》に飛びかかってきそうだ。ぼくは、わざわざ面倒《めんどう》を起こしにきてしまったらしい。ぼくにできることといったら、みんなに弱々しく手を振《ふ》って「やあ、ママ、パパ、エギー。ぼくだよ」って言うことぐらいだ。

オルトは廊下のすみに後ずさって身がまえ、とことん戦う姿勢を見せた。パパが様子を見に階段を上がってきた。

「おいオルト、どうした？　幽霊《ゆうれい》でも見たみたいな顔して」

パパの言ったことは、そうはずれてもいない。パパは手を伸ばして、オルトをなだめようとしたけど、オルトは前足の爪を立ててパパの手をひっかいた。

「いてっ！」

パパは手を見た。みみずばれが四本縦に走ってて、一本からは血がにじんでる。

「洗ったほうがいいわ」ママが言った。

「わかってる！」パパが大声でいった。

「消毒もね」

「ああ」

パパはそう言うと、浴室に行って水道の水で傷を洗った。それから消毒液をつけた布で傷をふいて、薬がしみると文句を言ってから、手にトイレットペーパーを巻いて、ママが絆創膏《ばんそうこう》を持ってくるのを待った。

「最近、破傷風の予防注射は受けた？」

「ああ！」

パパはまだちょっと怒ったような声を出した。

「狂犬病は？」ママが聞いた。

「狂犬病！　なんでオルトが狂犬病にかかるんだ？」

「つまり、狂ネコ病とかそういうの」

「狂ネコ病？」

「汚染したキャットフードから感染したりするんじゃないかしら」

「オルトは狂ネコ病なんかじゃない。だいたい、そんな病気はないだろう？」

パパは自信なさそうに言った。

パパとママは振りかえって、オルトを見た。オルトはまだ廊下のすみで身がまえたままで、相手がなんであろうと、死ぬまで戦おうとしてた。

「あの子、絶対おかしいわ」ママが言った。

「神経が参っちゃったのかも」エギーも言いだした。エギーは、オルトに近づいてこれ以上刺激《しげき》しないように、自分の部屋のドアのところにじっとしている。

パパはエギーを見た。

「神経が参ってる？　ネコがか？　参ってるのはこっちのほうだ。頭がおかしくなりそうだ。こんなときに、ネコなんかどうでもいい！」

ぼくはパパのそばに行って、背中をたたきながら「落ちついてよ、パパ。そんなにひどいけがじゃないよ」って言った。

すると、ぼくが動くのを見たせいか、オルトがまた恐《おそ》ろしい叫び声をあげた。さっきのもひどかったけど、それよりもっとすごい。これ以上ないくらいすさまじい声だった。鏡どころかレンガまで砕《くだ》けて、この家が崩《くず》れちゃうんじゃないかって、心配になったほどだ。もどってきちゃいけなかったのかもしれない。こんなことになったのは、ぼくのせいなんだから。結局みんなを面倒に巻きこむだけなのかもしれない。

死んでる人間と生きてる人間はきっと、一緒《いっしょ》にいられないんだ。死んでる人間と生きてる人間はなにもかもちがうんだから。ほんとはとっくにさよならしたのに、ぼくは先に進まずに、来た道を引きかえしてきちゃった。そんなことしちゃいけなかったし、ぼくもしたくなかった。だけどやり残したことがあった。

その場を救ってくれたのはエギーだった。

「ねえ、パパ。オルトに逃げ道を作ってやればいいんじゃない？　すみに追いつめられて、なにかから逃《に》げだせなくなってるのよ。逃げ道があればいいの」

「わかった。しかし『なにかから』ってどういうことだ、ティナ？　なんでオルトはこんなことになったんだ？」

「ネコってそんなものでしょ。いつだって変な発作を起こすじゃない。階段をおりて、玄関《げんかん》を開けてやればいいんじゃないかと思うの」

「わかったわ」ママが言った。「そうしましょう」

パパとママが階段をおりて玄関のドアを開け、それからオルトの邪魔《じゃま》にならないよう、ドアから離《はな》れた。エギーはオルトを見て、ドアを指さして言った。

「ほら、オルト。もう大丈夫よ。行きなさい」

言われなくっても逃げるよ、とぼくは思ったけど、そうじゃなかった。何度声をかけても、動こうとしない。

そこでぼくはようやく、自分が邪魔をしてることに気づいた。オルトはぼくの体を通らないと、階段をおりられない。そんなことしたくないに決まってる。ぼくは端によって道をあけると、手を振って合図を送った。

「いいよ、オルト。行け」

オルトが飛びだした。

オルトは最後にもう一度、恐ろしい声をあげた。その声で、冷蔵庫の牛乳がみんな固まったはずだ。近所のスーパーの牛乳もやられたはずだけど、一キロ半以上離れてるから全部だめにはならなかっただろう。

それからオルトは、まるでオリンピックに出てスタートのピストル音を聞いたかのように、金メダル目指して一気に階段を駆けおり、玄関のドアから外へ飛びだした。そして庭をつっきり、あっという間に見えなくなった。あのままオーストラリアまで行ったとしても不思議じゃない。

「そのうち」パパはドアから頭をつき出して言った。「帰ってくるだろう」

パパはドアを閉めて、キッチンへもどった。

ママはちょっとためらって、階段の上を見あげた。エギーが見おろしてる。目が合ったふたりは、言葉なしで話してるみたいだった。詩人やポップスの歌手が言いそうな「目は多くを語る」ってやつだ。

「大丈夫、ティナ?」

「ええ、平気よ。ママは?」

「大丈夫よ。すぐに食事の用意ができるから、そしたら声をかけるわ」

「わかった」

「それじゃ」

ふたりとも青ざめた顔で力なく笑いあうと、ママはキッチンへむかい、エギーは部屋へもどった。ぼくはエギーのすぐ後について、ドアが閉まる前に部屋に入った。

もちろん閉まってたって通れた。だけど、壁や閉まったドアを通るときの目新しさなんてすぐに消えてしまって、普通《ふつう》のことがしたくなるし、みんなのように普通になりたくなる。どこかにこっそり入る必要でもない限り、閉まったドアを通り抜けたいとはあまり思わない。それより、開いてるドアから入るほうが、歓迎《かんげい》されてる気がしていいときもある。

12　エギー――Eggy

エギーの部屋《へや》は、ぼくとちがっていつもきれいだった。ママは、女の子が生まれつききれい好きで、男の子はちがうからよって言ってたけど、ぼくはそうは思わない。だって、歩くごみ袋《ぶくろ》みたいな女の子を見たことがあるし、ごみ収集車が中身をまき散らしていったあとみたいな女の子の部屋も見たことがあるから。

一度、ピート・サルマスの家に泊《と》まりに行ったとき、お姉《ねえ》さんの部屋を見せてもらったことがある。

「見てみなよ、ハリー。見ればわかるさ」

たしかにピートの言うとおりだった。まず、散らかってるせいでドアがうまく開かない。ようやく首をつっこんで、部屋のなかをぐるっと見まわすと、信じられない光景が広がってた。

ピートのお姉さんは、浮浪者《ふろうしゃ》になったとしか思えない。そこらじゅうに物が散らばってる。マンガ、新聞、雑誌、最近夢中になってるアイドルのポスター。ポスターには口《くち》紅《べに》で、愛してるって書かれてる。床《ゆか》にはひざ丈《たけ》パンツが脱《ぬ》ぎ捨ててあって、引き出しからはクモの巣みたいにタイツがたれ下がってる。

「ぼくたちがのぞいても、お姉さんは気にしないよね、ピート?」ぼくは聞いた。「つまりさ、お姉さんは今ここにいない、よね?」

ピートは肩《かた》をすくめて言った。

「そんなのわかるはずないよ」

そのとおりだった。わかるはずない。もしかしたら、ぼくたちがなかをのぞいたときに、部屋にいたかもしれない。脱ぎ散らかしたTシャツの山に埋《う》もれて、わからなかっただけかも。

「お母《かあ》さんは、怒《おこ》らないの?」

「しょっちゅう怒ってたよ。いつもさ。けどあきらめちゃったんだ。ポピー(ピートのお姉さんの名前)がこの年になっても自分で部屋を片づける気がないなら、ママはもう手を出さないって。それで終わりさ」

エギーの部屋ではラジオが小さい音で流れてた。どうしてラジオをつけたままで勉強できるかわからないけど、エギーは平気だった。宿題をしてるときだって、ラジオから音楽が流れてた。たまにパパが入ってきてこう言ってた。

「こんなにうるさいなかでよく勉強できるな。集中できるのか？　気が散るだろう？」するとエギーは「パパが入ってきて、ラジオは気が散るだろうって言うほうが、よっぽど気が散るわ」って返してた。

パパはそれで部屋から出ていくんだけど、しばらくしてまたやってきては、同じことを繰《く》り返すんだ。

ラジオが低く鳴ってて、ＤＪが新しく一位になった曲を紹介《しょうかい》してる。初めて聞く曲だ。ヒットチャートの一位の曲も知らないなんて。やっぱり自分は過去の人間なんだって思った。この世はぼくがいなくてもちゃんと動いてる。

エギーは机にむかってた。正確には机っていうより、ドレッサーって呼ぶほうがふさわしいけど、エギーは机にして使ってた。だからってエギーはうぬぼれ屋じゃない。かわいいけど（そんなこと本人には一度も言ったことない）、うぬぼれてはいない。一日じゅう鏡をながめてる女の子とはちがう。

壁《かべ》にはぼくの写真が何枚かはってあった。だいぶ前のもあるから、きっとぼくが死んでから引っぱりだしてきたんだろう。どれも以前はなかった。

エギーはちょうど歴史の宿題に取り組んでるところだった。教科書が開いてあって、いつでもメモが取れるように、Ａ４のレポート用紙と鉛筆《えんぴつ》が置いてある。

エギーは椅子《いす》に深く座りなおすと、歴史の教科書を手に取った。だけど、いくら教科書を読もうとしても、どんなに集中しようとしても、目がすぐに壁の写真のほうをむいてしまう。ぼくがひとりで写ってるのと、エギーとふたりで写ってるのとがある。エギーがまだ小さくて、ぼくが生まれたばかりのころの写真もあった。エギーがパパの手を借りてぼくを抱《だ》っこしてて、そばでママが、エギーがぼくを頭から落っことすんじゃないかと心配そうに見守ってる（もしかしたらエギーは、ほんとに落としてやろうとちょっぴり思ったかもしれない）。ふたりが大きくなってから撮《と》った最近のもある。エギーはいつも三つ上のお姉ちゃんで、ぼくはいつもお姉ちゃんを怒らせてばかりいる、うるさい弟だった。

ほかにも、休暇《きゅうか》に撮ったものや、家族の行事、クリスマス、エギーとぼくの誕生日の写真もあった。クリスマスケーキや、誕生日で手品をしてくれた人や、とっくの昔にしまいこんだ小さいころの宝物が写ってるのもある。家族四人が立って笑ってるところを、セルフタイマーつきの新しいカメラで撮った写真もあった。

ぼくがいた。家族と一緒《いっしょ》に。もう二度と四人が一緒になることはない。

また悲しくなった。だけど、くじけるわけにはいかない。ぼくには果たさなきゃならない使命がある。やり残したことを解決しなきゃいけないんだ。ふたりでお互《たが》いを許さなくちゃいけない。ぼくが飛びだしていってトラックにはねられる前にエギーが言った言葉を、エギーが一生思いだしてつらい気持ちになるなんて、絶対にいやだ。

「ぼくが死んだらきっと後悔《こうかい》する！」

ぼくはエギーにそう言った。

「後悔なんてするもんですか！」エギーは大声で返した。「せいせいするわ」

それっきり、ぼくは帰らなかった。

「エギー、エギー、ハリーだよ。すぐそばにいるんだ。こわがらないで。大丈夫《だいじょうぶ》だよ。幽霊《ゆうれい》になっただけだから。大丈夫、こわくないよ。ずっととりつくつもりじゃないから。ただ仲直りしたくてもどってきたんだ。ごめんって言いたくて。聞こえる、エギー？ぼくがいるってわかる？」

エギーは歴史の教科書に目をもどして、ページをめくった。ぼくが手を伸ばせばさわれるくらいそばに立ってるってことに、気づいてない。

「今、肩にさわってるんだ、エギー。ぼくの手を感じる？　ハリーだ。こわがらないで。肩に手を置いてるだけだから」

エギーは教科書を読みつづけ、それからふと顔をあげると鉛筆を持ってメモを取った。

ヘンリー八世について、ヘンリー八世が結婚《けっこん》した数人の女性について、なぜヘンリー八世がそれぞれの女性と結婚したかについて。

「エギー、ぼくだよ」

むだだった。どうやっても伝わらない。オルトがぼくを見て毛を逆だてたことを思うと、ネコはあんなに敏感《びんかん》なのに、どうして人間は鈍感《どんかん》なんだろうと不思議になる。ただ、そうだとすると、ぼくにできることはあまりなさそうだ。ネコはネコだし、人間は人間だから、ボタンを押したり、魔法《まほう》の杖《つえ》を振《ふ》ったりするだけで、人間がネコに変わるようなことはない。

「エギー」

伝わらない。

エギーは教科書から顔を上げて、ぼんやりしてた。宿題の途中《とちゅう》でみんなよくやるしぐさだ。それから、ぼくの四歳《さい》の誕生日にふたりで写ってる写真に目をとめた。ぼくはろうそくを吹きけそうとしてて、エギーは、もしぼくが消しきれなかったら代わりに消そうと身がまえてる。

「ああ、ハリー、ハリー」

エギーは手を伸ばすと、その写真に触《ふ》れた。まるでそれがただの薬品加工された紙じゃなくて、血が通った体みたいに。

ぼくは机に置かれた鉛筆を見て、葉っぱや、ジェリーのボールペンや、アーサーのスロットマシンのことを思いだした。きっとできる。できる。どうしてもやらなきゃ。

全神経を鉛筆に集中した。懐中電灯《かいちゅうでんとう》の光みたいに、まっすぐ鉛筆にむけた。

「たのむ」ぼくは念じた。「動いてくれ、たのむ、お願いだ……」

ついにやった。鉛筆が動いた。鉛筆が芯《しん》の先を下につけたまま立ち上がった。まるでまぼろしの手が鉛筆を持ってるみたいだ。ある意味では、たしかにそのとおりなんだけど。

「あっ!」

エギーは息をのんで、椅子を引いた。ほんとはエギーに「大丈夫だよ、エギー、こわがらないで」って心のなかで呼びかけたかったけど、そんな余裕《よゆう》はなかった。ぼくは全神経を鉛筆にむけ、空中で握《にぎ》ったまま、A4の紙に近づけた。

エギーはじっとしてた。怖《こわ》がってるようで……いや、怖がってない。ただ、待ってる。なにが起きるか、じっと待ってる。両手で机の前のところをつかんで、押しのけようか迷いながら、椅子に背をくっつけている。

エギーは悲鳴をあげることも、逃《に》げることも、ママやパパを大声で呼ぶこともしなかった。ただ座って、鉛筆が紙に近づくのをじっと見つめてる。そして鉛筆が紙の上で止まると言った。

「ハリー、ハリーなの？」

ぼくは鉛筆を紙の上に走らせて、「うん」って書いた。

エギーはじっとしたまま、鉛筆と紙を見守ってる。

「ハリー。ほんとにごめんね。あんなこと言っちゃって。あれからずっと考えてたの。一瞬《いっしゅん》だって忘れたことない。取り消すことができるなら、なんだってするわ、ハリー。時間をもどせたらどんなにいいか。ほんとにごめんね、ハリー」

ぼくは鉛筆を動かした。

「わかってる。ぼくもごめんね、エギー」

生きてたころの自分の字に似てたけど、もっと薄《うす》くてか細い字だった。ぼくには、鉛筆に力をこめるだけの集中力がなかった。鉛筆を空中に浮かせて字を書くのがやっとで、もう握ってられるかどうかもわからなかった。ぼくはへとへとで、力がつきそうだった。

とにかく精いっぱい鉛筆に気持ちを集中した。こうして紙の上で鉛筆を動かすのが、ぼくのこれまでの、そう、人生のなかで一番難しかった。

「許して、エギー。ぼくが言ったことを」

しばらくエギーはなにも言わず、ただ座って紙に書かれた字を見つめてたけど、やがて思い切り息を吸うと言った。

「もちろんよ。許すに決まってるじゃないの、ハリー。あたしこそ許して。本気で言ったんじゃないの。かっとなって、ばかなこと言っちゃったの。許して、ハリー。愛してる」

力がほとんどつきかけてた。ぼくはなんとか鉛筆を動かして、伝えたいことを紙に書こうとした。どれだけがんばったかわからない。とにかく精いっぱい、がんばった。そしてなんとか、なんとかこう書いた。

「ぼくも愛してる、エギ……」

名前を書き終わらないうちに、鉛筆が転がった。それ以上書く力は残ってなかった。

「ハリー？　まだいる？」

エギーは振りかえって、部屋を見まわした。

「ハリー？」

もちろんぼくはそこにいたけど、力を使い果たして、もうなにを言うことも、なにをすることもできなかった。生きてる人にこれ以上なにも伝えられなかったし、相手からなにを言われても、どうにもならない。

行くときがきた。

もう二度ともどることはない。


ぼくはようやくほっとした。悲しいけど、すっきりした気分だ。エギーと仲直りできて、心のなかにあった大きな石がなくなったような感じ。前に、ハレント校長先生が、退屈《たいくつ》な全校集会で読みあげた聖書の一節を思いだした。

「汝《なんじ》の怒《いか》りの上に日を沈《しず》ませてはならない」

つまり、だれかに腹《はら》を立てたり恨《うら》みをもったまま、眠《ねむ》りについてはいけないって意味だ。相手が愛してる人ならなおさらだ。だって、翌朝どっちかが目を覚まさないかもしれないんだから。そうなったら、どうなる？　そう、ぼくみたいにやり残したことに思いっきりとりつかれてしまうんだ。

だけどぼくのやり残したことは、今、終わった。ごめんねって言うことができた。これで行ける。〈死者の国〉の先へ、沈まない夕日の先にあるなにかへむかうことができる。〈彼方《かなた》の青い世界〉へ旅立つことができる。

「じゃあ、エギー。さよなら。いい人生を。ぼくのことは心配しないでいいよ。大丈夫、人間はいつか死ぬんだから。ぼくの場合は、思ってたよりちょっと早かったってだけ。だけど、心配いらない。ぼくのことで悲しまないで。大丈夫。友だちもできたし。ひとりぼっちじゃないから。じゃあ、エギー、さよなら」

「ハリー」エギーは立って、部屋を見まわした。「まだいる？　ハリー、愛してる。ずっとよ。けんかしてたときだって愛してた。ドアにあんなはり紙してごめんね。いつだって部屋に入ってよかったし、ペンだって、鉛筆だって、クレヨンだって、なんだって貸してあげたわ。ほんとよ……ハリー？」

ぼくはエギーの頰《ほお》にキスして、まぼろしの腕《うで》で抱きしめると、急いでドアから出た。振りかえらなかった。ぐずぐずすることもなかった。いつまでもさよならを繰り返すなんてたえられない。さっさと終わらせるのが一番だ。ちょっとぶっきらぼうで、冷たいかなって思うぐらいのほうがいい。

キッチンへおりて、ママとパパにさよならした。ふたりに抱きついてキスして「愛してる。会えないのはさびしいよ。最後に一目だけでもぼくの姿を見てもらえてよかった」って言った。

だけど、長くはいなかった。

ぼくは、ふだんの家族の姿を覚えておきたかった。一緒に暮らしてたころのような、幸せで、今みたいに悲しそうじゃないときの姿を。ちょうど家族のみんなが、幸せなころのぼくを覚えておきたいのと同じように。

家を出て、一度も後ろを振りかえらずに歩いた。ぼくはそんなに強い人間じゃないけど、そうならなくちゃと思えば、強くなれる。ときには強くなることも必要だ。たとえ少し傷ついても、あとでもっと傷つかないために、そうしなくちゃいけない。

運動場を通りかかったとき、オルトを見かけた。木の上にのぼって、しばらく鳥になるって決めこんだようだった。

「じゃあね、オルト」ぼくは声をかけた。「また会おう」

オルトはまた毛を逆だて、狂ったように前足で宙をかいたかと思うと、ドキュメンタリー番組で見るムササビみたいに勢いよく飛んで地面におりた。これで寿命《じゅみょう》を半分縮めたかもしれない。それからサッカー場をすさまじい勢いでかけ抜けていった。

それが、オルトを見た最後だった。

雨が降りだした。ぼくは木の下で雨やどりした。ぬれるからじゃなくて、雨が降るのをゆっくりながめて、生きてたころみたいに、普通《ふつう》のことを楽しみたかったから。

土砂降《どしゃぶ》りだったけど、すぐにおさまりそうだった。もう遠くの空が晴れてきて、灰色の雲が去って、青空が見えてきてる。十分後には雨がやんで、太陽が顔を出した。

サッカー場のはるかむこうに、期待したとおりの、大きくてまぶしい見事な虹《にじ》が姿を現した。

ぼくは駆《か》けだした。急いで、〈死者の国〉へ帰るんだ。

13 彼方《かなた》の青い世界――The Great Blue Yonder

まるでエスカレーターに乗ったみたいだった。ジェットコースターって言ったほうがいいかもしれない。ちがうのは、下りながらスピードがつくんじゃなくて、上りながらどんどん速くなるってこと。虹《にじ》をのぼっていきながら、あまりの速さに頭がくらくらしてきた。てっぺんまで来ると、体が虹から離《はな》れて、闇《やみ》に星がまたたく長いトンネルを通り抜《ぬ》けた。そして、気づいたときには〈死者の国〉の受付につづく長い列の最後に立ってた。

「すみません。通してください」

列に並んでる人のほとんどは、体がぼくの倍はあったし、年もみんな五十は過ぎてた。不機嫌《ふきげん》な顔や、なぜ自分が？　って言いたげな、戸惑《とまど》った顔をした人がたくさんいて、みんな列がなかなか進まないことにいらだってた。生きてたときに、さんざん列にも並んだし、渋滞《じゅうたい》にもあったんだから、死んでまで待たされるのはいやだって思ってるのかもしれない。

「おい！」

「どこへ行く？」

「あの子に気をつけろ。割りこもうとしてるぞ」

ぼくは頭をひっこめると、体をよじって人をかきわけ、ときには人の脚《あし》の間をくぐって、先へ進んだ。みんなの体を通り抜けられるかと思ったけど、それはできなかった。おかしなことに、かたいものでも通り抜けられるはずの幽霊《ゆうれい》が、ほかの幽霊を通り抜けることはできないんだ。

「ちょっと！　列の後ろに並びなさい！」

大柄《おおがら》な女の人がそう言って、ぼくをつかまえようとしたけど、動きが鈍《にぶ》くてぼくのほうが早かった。

全員がぼくをとめようとしたわけじゃなくて、不満そうに舌打ちをするだけの人もいた。

「けしからん。まったく行儀《ぎょうぎ》が悪い。今どきの子はどこにでも割りこんで、順番を待つってことをしない」

後ろから声をかけてくる人もいた。

「おい！　こんなところで、なにしてんだ？　おまえみたいな小さい子は、まだ死ななくていいはずだろう！」

説明してる暇《ひま》はなかったし、そんな気もなかった。したい説明は全部し終わってるから、これ以上するつもりはない。

「すみません、すみません」って言いながら、ぼくはなんとか前に進もうとした。「割りこんでるんじゃないんです。死んだのはもうだいぶ前なんです。ほんとです。手続きもすんでます」

「手続き？　手続きってなんだ？」ここに来たばかりの人が言った。「この子はなにを言ってる？」

ぼくはかまわずに進んだ。男の人が後ろから声をかけてきた。

「おい、そこのきみ！　この先にはなにがあるんだ？　責任者はいるのかい？　もしいるなら、ちょっと話がしたいんだ。なにかのまちがいなんだよ。私はまだ死ぬはずじゃない」

ぼくは先を急いだ。

「わたしだって死ぬはずじゃないわ」だれかが言ってる。「お鍋《なべ》をコンロにかけたままなの。もどって火を消さないと、吹きこぼれちゃう」

「こっちだってそうだ」別の声がした。「休暇《きゅうか》に出かけるところだったんだ。そのために一年間貯金してきたのに、行けないなんて」

今度は細くて弱々しい、とてもとても年取った男の人の声が聞こえてきた。

「私は絶対もどるつもりはない。長生きできて幸せだったが、死を迎《むか》えるころには、もうじゅうぶん生きてたし、友だちはみんな死んでしまった。だから、楽しかったが、今は終わってうれしい。だんだんつらくなってたところで、死を迎えられたんだ。残念だなどと言うつもりはないな」

ぼくは、言いあってる人たちに背をむけて、先に進んだ。

「すみません！　通してもらえませんか？　ちょっと通してください、ごめんなさい」

列の終わりが見えてきた。受付も見える。あともう少しだ。

「すみません！　割りこんだんじゃありません。ぼくはもう名前を言ってあるんです」

「じゃあ、なんでまだここにいるの？」

女の人が聞いた。

だけどぼくはかまわず進んだ。質問に答える気はなかった。ぼく自身、まだ質問したいことがあった。たとえば、ずっと夕日が沈《しず》みかけたままの、あの地平線の彼方《かなた》にたどりついたらどうなるんだろうとか、〈彼方の青い世界〉のむこうにはなにがあるんだろう、とか。

受付のすぐ近くまでやってきた。前と同じ男の人が、あいかわらず名簿《めいぼ》と台帳とコンピュータを前にしてる。

「次！」

男の人が暗い声で列の次の人に声をかけると、待ってた男の人が前に進み出た。

「はい」

「名前は？」

手続きが進んでいく。

ぼくは男の人に見つからないように、かがみこんだまま受付を走り抜けた。男の人はコンピュータの端末《たんまつ》から顔を上げると、ぼくに気づいて大声を出した。

「おい！ ぼうず！ おまえだな！ どこ行ってたんだ？ 下界へでも遊びに行ってたのか？ 規則違反《いはん》だぞ。ちょっと説教してやらなくちゃな！ おい、そこのぼうず！ もどってこい！」

男の人は立ちあがった。受付を離れて追いかけてきそうに見えたけど、そんなことできるはずがない。手続きを待ってる人が長い列を作っていて、しかも増えつづけてるんだから。ぼくは、説教してやるからもどってこいって怒鳴《どな》ってる男の人を無視して走った。

こうして、ぼくは〈死者の国〉にもどった。ほの暗い、たそがれの国に。今のぼくの目的は、遠くに見える夕日を目指し〈彼方の青い世界〉を見つけて、次にするべきことをするだけ。

ぼくは先へ進んだ。悪い気分じゃなかった。悲しくもないし、うれしくもない。どっちでもないんだ。生きてる感じも、死んでる感じもしない。さびしいとも、さびしくないとも思わない。エギーやママやパパのことを考えても、もうつらくはない。悲しいとは悲しいけど、一度もどって、ちゃんとさよならを言えたし、するべきこともすませたから、前みたいにつらくはない。

ちゃんとお別れして、しなくちゃいけないことをきちんとするのは、大事だと思う。さよならを言えたんだから、そんなに気分は悪くない。この先もなんとかなるって思える。

ぼくは歩きつづけた。急ぐでもなく、のんびりするでもなく。だれかといっしょに行くのもいいかなと思った。同じ方向へ歩いてる人はたくさんいたけど、知ってる人はだれもいない。だれかに声をかけようと思えばいつでもできたけど、これから親しくなるにはちょっと遅《おそ》い気もしたから、知り合いがいたらいいなって思った。

しばらくして、角を曲がったところで原始人のウグに会った。あいかわらず〈死者の国〉をさまよいながら、なくしたなにかかだれかを探してた。探しているのは、昔死んだペットの恐竜《きょうりゅう》かもしれないし、知りあいのサーベルタイガー[※15]か、毛むくじゃらのマンモスか、絶滅《ぜつめつ》する前に飼ってたドードー鳥かもしれない。それとも、ウグ夫人か、ウグおばあちゃんか、赤ちゃんウグかもしれない。もちろん、赤《あか》ん坊《ぼう》のままじゃなくて、みんな立派な原始人に成長して、もう死んで一万年はたってると思うけど。

一万年って、人を探すには長すぎると思う。

ぼくになにか頼《たの》もうと思ったのか、ウグが近づいてきた。

「うぐっ！」ウグはそう言うと、両腕《りょううで》を大きく振《ふ》りまわし、また言った。「うぐっ！うぐっ！　うぐっ！」

だけど、なにを言いたいのかさっぱりわからなかった。ぼくにうぐって言ったってむだだ。本人にとってはちゃんと意味があったとしても、ぼくにはうぐはうぐでしかない。

「ごめんよ。なにも手伝えない。手伝えたらいいんだけど。ほんとに、ごめん」

ウグだって、ぼくの話を聞いても、ぼくがうぐとしか聞こえないのと同じで、なにを

※15　サーベルタイガー＝剣歯虎。洪積世に絶滅。

言われてるかわからないだろう。ぼくがウグ語をしゃべれたらいいのに。学校で教えてもらえばよかった。だけど勉強してないから、ぼくがしてあげられることはなにもない。

「ごめんね、ウグ。力になりたいけどむりみたい。探してるものが見つかるといいね、ほんとに」

ウグは悲しそうなもの言いたげな顔でぼくを見ると、首を振って去っていった。やり残したことを片づけるために、なくしたものを探して、また歩きつづけるんだ。ウグはウグの道を行き、ぼくはぼくの道を進んだ。

夕日にだんだん近づいてきた。もうじき着きそうだ。死ぬと時間は関係なくなるし、時間って考えそのものがなくなるけど、それでも、時間がかかるって思うことがある。時間なんて、もうないのに。


次の角を曲がると、アーサーのことが頭に浮《う》かんだ。お母《かあ》さんは見つかったかな？　アーサーにまた会えるだろうか？　もしかしたらまた地上にもどったかもしれないし、虹から落っこちちゃったかもしれない。それとも、もうこのへんであきらめようって思って〈彼方の青い世界〉へむかったかも。

それか、スタンさんと一緒《いっしょ》に暮らすことに決めて、通りの街灯にぶらさがってる花かごに座って、犬のウィンストンをずっと探しつづけてるかもしれない。

しばらく行くと、アーサーがいた。ぼくの少し前を、うつむいて、重い足取りで歩いてる。シルクハット姿もいつもみたいに陽気には見えない。両手をポケットにつっこんでる。顔は見えないけど、背中を見ただけで、気がふさいでるのがわかる。

「アー……」

声をかけようとして、はっと止まった。アーサーも立ち止まった。アーサーのほうへ女の人が近づいてくる。若くてきれいな人で、テレビなんかで見るような、腰《こし》のあたりがふくらんだ古めかしい服を着てた。

女の人はゆっくり歩いてた。ウグやスタンさんや背中から見たアーサーみたいに悲しそうだった。やっぱりやり残したことがそのままのようだ。

女の人はアーサーを見ると、立ち止まって動かなくなった。アーサーもぼくも動かなかった。どっちもぼくに気づいてなかったから、ぼくは動いちゃいけない気がして、銅像になったみたいに立ってた。

アーサーはコートに手をつっこむと、あわててポケットをさぐった。大切なものをなくしたみたいに、すごくあせってる。

ぼくにはアーサーの探してるものがわかった。あのボタンだ。小さいときに、お母さんのブラウスから取れたものだよって渡された、まぼろしのボタン。お母さんはアーサーを生んですぐに死んじゃって、アーサーは顔も知らない。

アーサーは必死でボタンを探した。そのあいだ、ぼくは、古めかしい服を着たきれいな若い女の人をながめていた。その人のブラウスには真珠《しんじゅ》のボタンが並んでた。本物の真珠じゃなくて、昔の物売りの商人が服につけてたような貝でできたやつだ。

しかもブラウスの一番上のボタンがなくて、襟元《えりもと》をピンでとめてある。

アーサーの手が止まった。やっと見つけたんだ。ポケットの奥に入りこんでいたんだろう。アーサーは手のひらにボタンをのせると、女の人のブラウスのボタンに目を移した。同じものだ。まちがいない。アーサーは一歩前に出ると、ボタンをさし出して女の人に見せた。

「母さん？」アーサーは言った。「母さんなの？」

女の人もアーサーのほうへ近づいて、アーサーの手からボタンを受け取ると、自分のブラウスの真珠のボタンに並べてみた。同じボタンだ。ほんとにまちがいない。長いこと〈死者の国〉をさまよい歩いて、ついにふたりはお互《たが》いを見つけたんだ。何度も行きちがいやすれちがいを繰《く》り返したけど、今ようやく会えたんだ。

「母さん？　母さんでしょう？　そうだよね？」

「そうよ」女の人が言った。「わたしよ、アーサー。母さんよ」

ぼくはふたりに背をむけた。これでいいんだ。ぼくには関係ない。長いこと離れ離れだったんだから、ふたりをそっとしといてあげるのが一番いい。つもる話をいっぱいして、今までの遅《おく》れを取りもどさないと。

しばらくして、ぼくがせき払いすると、ようやくふたりは気づいた。アーサーはせき払いしたのがだれかわかると、ぼくを呼んでお母さんに紹介《しょうかい》してくれた。お母さんのボタンが取れてても、アーサーはすごく誇《ほこ》らしそうで、うれしそうだった。ぼくは、ちょっぴりうらやましかった。アーサーはお母さんと一緒になれたのに、ぼくはひとりきりだ。一瞬《いっしゅん》、ぼくもママを紹介できたらって思ったけど、そのためには、ママは死んでなきゃいけない。そんなのいやだ。ぼくは考えるのをやめた。

アーサーとお母さんに、ふたりはやっと会えたけど、これからどこに行くの？　って聞いてみた。そしたら、もう迷える魂《たましい》みたいに〈死者の国〉を歩きまわる必要はなくなったから、〈彼方の青い世界〉へ行くつもりだって言った。ぼくも行くつもりだけど、一緒に行ってもいい？　って聞いたら、ふたりは、もちろん、一緒に行けたらうれしいって言ってくれた。そう言ってもらえるといいなと思ってたんだ。

ぼくたちは、ずっと沈みかけたままの夕日にむかって、それ以上明るくも暗くもならない永遠のたそがれにむかって歩きつづけた。

大勢の人が、同じ方向にむかっている。人種も体格も年齢《ねんれい》もさまざまだ。悲しんでる人も、喜んでる人もいない。みんな穏《おだ》やかな顔をしている。みんな答えをちゃんと得ることができて、落ちついてるんだ。

何人かの人に、ぼくたちはどこにむかってるの？〈彼方の青い世界〉のむこうにはなにがあるの？ って聞いてみた。正確な答えを知ってる人はあまりいないみたいだったけど、アーサーのお母さんが、また生命の一部になると思うって教えてくれた。ぼくは、どういう意味？ って聞いた。

「葉っぱのようなものよ、ハリー。森の一枚の葉っぱ。葉が木から落ちたらどうなる？」

「死ぬ、と思う」

ぼくは答えた。

「そう、そのとおり。死ぬわね。でもほんとうは死ぬわけじゃないの。土にかえって生命の一部になり、そこから新しい木が育って、葉をつけるの。わたしたちもそれと同じよ」

ぼくはわくわくしてきた。

「それって、またもどれるってこと？ また別の人生を送れるの？ 別の葉っぱとして、つまり別のハリーとして?」

アーサーのお母さんはちょっと笑って、首を振った。

「そうじゃないわ、ハリー。ちょっとちがうの。もどってくるけど、それは今のあなたじゃない。そうね、葉っぱが土にかえるのと一緒で、あなたはあらゆるものの一部になるの。ちょうどあらゆるものが、あなたの一部だったように」

「ほんと?」

ぼくは戸惑いながら聞いた。

「そうよ。そうだと思うわ」

そしてようやくたどり着いた。なんて言ったらいいかわからない。〈死者の国〉のはじまできて、みんなで輝《かがや》く夕焼けを見つめた。今までに見たこともないほど青く澄《す》んだ広い海に太陽が沈もうとしている。

岬《みさき》に立つと、下には海が広がってた。生きてるときに見た海とはちがう。水じゃなくて、力みたいなものが一面に渦巻《うずま》いている。そう、生命の海って感じ。

しばらくそこに立って、アーサーのお母さんが言ったことを考えた。ぼくはもどるんだ。ずっと幽霊のままじゃない。もどって、みんなの思いや記憶《きおく》のなかに生きるんだ。そしてぼくがしてきたことで世界は変わるし、ぼくがいたことで世界は変わる。大きく変わるわけじゃないけど、少しでも変わることはたしかだ。

下に飛びこんで、青い海の一部になったら、ぼくはもうぼくじゃなくなって、新しい生命の一部になり、新しい考えや新しい人々の一部になるんだ。

それも悪くない。

ママとパパのことを考えた。パパがキッチンで、もっと子どもがいればよかったってママに言ってたのを思いだした。もしかしたらそのうち、ママとパパにまた子どもが生まれるかもしれない。

青い大きな海の一部になったら、ぼくの一部がその赤《あか》ん坊《ぼう》に入っていくんだろうな。もちろん、ぼくがそのままその赤ん坊になることはないと思う。その子はぼくでもほかのだれでもない。だけどたぶん、その子のなかにはぼくが少しだけいる。ほんのちょっとだけハリーがいるんだ。

ぼくがなにを想像したかというと、その男の子（女の子かな）がママとパパとエギーと暮らしながら、成長してくところだ。赤ん坊はだんだん大きくなって、はいはいをするようになり、歩いたりしゃべったりし始める。たまにそのしぐさを見て、ママがパパにむかって言う。

「ねえ、この子を見てると思いだすわね」

するとパパも、ママの言うことがすぐにわかって、うなずく。

「ああ、そうだな。ぼくも同じこと考えてた。ハリーだろ？」

その子がもっと大きくなって、話がわかる年になったら、きっとママとパパが、会ったことのないお兄ちゃんの話をするだろう。

「きっとお兄ちゃんとあなたは、気が合ったと思うわ。ふたりともユーモアのセンスがあるから。あなたはお兄ちゃんのハリーのこと、好きになったと思うわ、きっときっと」

そして、ぼくもその子が好きになっただろう。

アーサーとお母さんはもう行っちゃったみたいだ。

カモメの声が聞こえるけど、どこにも姿が見えない。空耳かもしれない。

ちょっと前に、アーサーとお母さんがさよならって言うのを聞いた気がする。そういえば、ぼくもさよならって言って手を振ったんだ。考えごとをしててぼんやりしてた。ふたりは鳥が飛びたつみたいに、〈彼方の青い世界〉に飛びこんでいった。

ぼくは今、岬に立って、深く美しい青い世界を見つめてる。

そして一生懸命《いっしょうけんめい》心のなかで呼びかけてる。エギーの部屋で鉛筆《えんぴつ》を動かして、ごめんねって伝えたときみたいに。ありったけの力をこめて、ラジオ局が電波を流すように、自分の思いを発信してる。だれかがぼくの思いを感じて、ぼくの考えを聞き取ってくれればって思いながら。

だれか、ぼくの話を伝えてほしい。こんなこと、だれもしたことないよね？　普通《ふつう》の人はそんなことしない。人は生きて、死んで、自分のことは語らない。自分は平凡《へいぼん》な人間だから、だれも自分のことに興味を持つはずないって思うから。だけど、ぼくはそうは思わない。だから、だれかがぼくの声に耳を傾《かたむ》けてくれたらって、それだけを願ってる。

そろそろさよならを言わなきゃ。みんな、さよなら。車の多い道で自転車に乗るときは、気をつけてね。じゅうぶん注意するんだ。乗る前にスニーカーのひもを確認するのを忘れずに。だけど、それでも事故は起きてしまう。それが現実だ。

もうお別れだ。さよなら、ママ、パパ、エギー、オルト、それからぼくの友だち。悪くない人生だった。短かったけど、悔《く》いはない。ぼくは大丈夫《だいじょうぶ》。ただ、残してきた人たちに、ごめんなさいって思うだけ。ぼくが死んで、すごく悲しんでるから。

最後にひとつだけ聞いてほしい。死ぬことを恐《おそ》れちゃだめだ。ぼくを見て。ぼくはいつも強そうなふりをするから、しっかり者だって思うかもしれないけど、ほんとはだれよりも弱虫だし泣き虫なんだ。だけど、そのぼくだってなんとかうまくやれた。だから、なにも心配することはないし、死がやってきてしまえばもう恐れることはない。どっちにしろ、できることなんてなにもないしね。心配いらないよ。ほんと。ぼくたちのことを心配しないで。悲しまないで。ぼくたちは平気だから。それに、ぼくたちの仲間になる日が来ても、恐れないで。大丈夫だから。

それじゃあ。話を聞いてくれてありがとう。これでぼくの話は終わりだ。もうすぐぼくもいなくなる。アーサーのお母さんが言ったみたいに、ぼくも、葉っぱが土にかえるように、〈彼方の青い世界〉へ旅立って、生命を作るすべてのものの一部になる。もうハリーにはなれないけど、ぼくに会えなくなるわけじゃない。ぼくはまだいるよ。学校や公園やサッカー場や、写真や思い出のなかに。

じつは今、おしゃべりしながらちょっと時間をかせいでるんだ。ちょうど、飛びこみ台から飛びこむときみたいに。だけど、もう行かなくちゃ。

よし。

大丈夫。

これでおしまい。今度こそほんとだ。気持ちは決まった。行くよ。〈彼方の青い世界〉へ。

さよならママ、パパ、エギー。会いたいよう。みんな愛してる。すごく愛してる。言葉じゃ言えないくらい愛してる。

さあ、行こう。出発だ。ぼくの目の前には、青い大きな海が広がってる。
行くよ。
さあ、行こう。今度こそほんとにさよなら。
ちゃんと見守ってて。すぐに行くから。
忘れないで、心配いらないってこと。大丈夫。みんな平気だよ。
じゃあ、行くね。
今度こそ。
出発だ。
ほんとに。
うん。
絶対だ。
それじゃあ。
幸運を祈《いの》っててね。

訳者あとがき

〈死者の国〉は日が傾《かたむ》いたまま、ずっと黄と赤と金の混じりあった美しい夕焼けのままで、影《かげ》も長く伸《の》びたまま。夏と秋がいっぺんに来た感じで、ちょっぴり春も混じってるけど、冬の気配はまったくない。

ここにいる人々はだいたいが手続きを終えると、〈彼方《かなた》の青い世界〉へ行ってしまう。ところがトラックにはねられてこの国に来てしまった少年ハリーは、〈彼方の青い世界〉に行くことができない。死ぬ少し前、腹立ちまぎれに姉のエギーにぶつけたひどい言葉が心に突《つ》き刺《さ》さったままなのだ。

そこでハリーは、もとの世界にもどってみることにした。エギーに、なんとかして自分の今の気持ちを伝えて、あやまりたかったのだ。

案内役は、百年以上も前から〈死者の国〉にいて、ボタンひとつを手がかりに、顔も知らない母親を探しつづけているアーサー。

もう死んでいる人間は、〈生者の国〉にもどっても姿は見えないし、声も聞こえない。ハリーはエギーに気持ちを伝えることができるのだろうか。アーサーはお母《かあ》さんに会えるのだろうか。そして、死んだ人々が向かう〈彼方の青い世界〉とはどんなところなのか。

じつは、この本、まだ草稿《そうこう》の段階で一五〇人の読者モニターの方々に読んでいただいた。そのアンケートの感想をいくつか紹介してみよう。

○なんて優しい本なんだろう、そう思いました。人間生きている時は本当に見えない事、ものが多いと思う。せわしなく、殺伐《さつばつ》とした現実をまのあたりにする今では特に。そんなとき、ふと、そんな忘れがちになっていたことを思いださせてくれる物語だと思いました（二十八歳・女性）

○とてもおもしろかったです……ハリーとアーサーが、生きている世界に幽霊《ゆうれい》として来たとき、ハリーが学校や自分の家で味わう孤独感《こどくかん》や、死者としての実感を感じるところは、とても切なかったです（二十二歳・女性）

○「失ってみて初めて気づいた大切なもの」を教えてくれた本です。「自分がいるべき場所はどこなのだろう？」と考えさせてくれる本です。ハリーの心がいきいきとした言葉で（幽霊に「いきいき」とは妙《みょう》なたとえかもしれませんが……）描《えが》かれた、少し切ない、でも心が温まる物語でした（三十九歳・女性）

○……それらすべてが切なくも、心温まる、今まで読んだ本で最高のものでしょう。この本を何十人という人に薦《すす》めてあげたい。たくさんの人に読んでほしい。死とは新たな出発点であると改めて思いました（十六歳・男性）

○最初に表紙とタイトルを見たとき、また今流行《はやり》のいやし系の本かと思い、ずっと読むのをサボっていた。感動の押しつけのような本はニガテなのだ。しかし読み始めたら面白い……明るく楽しい気持ちにさせながら、じわりじわりとなにかを心に残してくれる、そんな本だった（三十九歳・女性）

○いいストーリーでした。ハリーに会えて良かったです。ありがとう！（三十七歳・男性）

○とてもとても感動し、いっぱいいっぱい泣きました。生きていることのすばらしさを改めて考えさせられた作品でした（十六歳・女性）

読者モニターの方々、とてもよく読んでくださっていて、訳者が偉《えら》そうなことを書くまでもなく、この本の大きな魅力はほぼこれらの感想で言い尽《つ》くされていると思う。

しかしこのままでは訳者としてちょっとしゃくなので、この作品の魅力《みりょく》について、少しだけ付け足しておきたい。

まず、全編に流れるユーモアが快い。ある意味、悲しく切ない物語なのだが、ハリーはいつもユーモラスにまわりをながめている。その雰囲気《ふんいき》がとてもいい。

それからもうひとつ、いいなと思うのは、ユニークな人物が脇《わき》を固めていることだ。たとえば、なにを言われても「うぐっ」としか返事をしない謎《なぞ》の原始人ウグ。街灯の上から愛犬をさがしているスタンさん。そして何より、ハリーの最悪の敵、ジェリー。ハリーがジェリーの作文を読む場面のすばらしいこと。

最後にもうひとつ。これは冒険《ぼうけん》小説だと思う。そうそう、読者モニターの方でひとり、そんなふうな感想を書いてくださった方がいた。ハリーは死んでから、また新しい冒険を始める。それは「取り返しのつかないもの」を取り返すための冒険であり、自分を確認するための冒険でもある。普通は生きている者が死をかけて自分を試すのが冒険なのだが、この作品では、死んだ少年が希望を求めて自分を試す。そうしてハリーが得たものはなんだったのか。それが、最後に明かされる。

○行くときがきた、もう二度ともどることはない。こう思った時のハリーの気持ちを考えると、とてもとても悲しく、胸がこおりつきました(三十一歳・女性)

このラストシーンは、ある意味悲しく、ある意味希望に満ちている。いや、希望に満ちているからこそ悲しくなってくるのかもしれない。

作者のアレックス・シアラーは三十以上もの職業を転々とした作家で、一般《いっぱん》向け、子ども向け合わせて十冊以上の本を書いているが、まだまだこれからが期待できそうだ。

なお、最後になりましたが、読者モニターの方々、編集の深谷路子さん、翻訳《ほんやく》協力者の小林綾子さん、原文とのつきあわせをしてくださった松山美保さんと宮坂宏美さんに心からの感謝を。

二〇〇二年四月十日

金原瑞人

文庫版　訳者あとがき

この本が初めて日本で出版されてから、十五年以上たちました。三十年以上、翻訳をしていて、訳した本はもう五百冊くらいあるのですが、十年以上読み継がれている作品は本当に少なく、『青空のむこう』はそんなロングセラーのうちの一冊です。

この十五年の間に、世界も大きく変わりました。人の意識や、人の死についての考え方もそうです。たとえば、朝日新聞で東大大学院准教授の渡辺正峰さんが、「意識を機械に移植する」ことの可能性について語っています。渡辺さんの言葉を借りると、「開頭手術をした上で脳と機械を接続するものです。脳と機械の意識が一体化してしまえば、たとえ脳が終わりを迎えても、意識は機械側に存在し続けるはずです」。

おもしろいのは、「なぜ、そこまでして意識を移植しようとするのですか？」という質問に対して、渡辺さんが、「死を避けるためです。私は中学生の時から、自分の存在が無になってしまうことへの恐怖を抱いてきました」と答えていることです。

意識を機械やネットに移植して、肉体は死んでも意識は生きられる時代がきたとして、その時代の人は『青空のむこう』を読んで、どんな感想を持つのか気になるところです。

そのまえに、そんな時代になっても、人は本を読んでいるのかという問題がありますね。しかし、その問題の答えは簡単で、もちろん、読んでいるでしょう。紙の本か、デジタルの情報かという違いはあっても、本が読まれなくなることはないと思います。

それからもうひとつ、意識が生きつづけられる時代に、死後の世界から主人公が元の世界にやってくるという話はもう時代遅れなのではないか、という問題もあります。が、これも答えは簡単で、描かれている世界がいくら昔のものであっても、読み続けられる作品はたくさんあります。

さて、そうなると次はさっきの、どんな感想を持つか、という問題です。

これに関してはいろんな意見があるでしょうし、それこそ、それは読者次第だと思います。そもそも、いま、この本を読み終えた人だって、感想はそれぞれ違うでしょうから。

ただ、いまこれを読んだ人が死んで、機械に意識を移植できる世界に生まれ変わったとしても、やはり同じ感想を持つのではないかという気がします。

というのは、『青空のむこう』は、死んでしまった少年を主人公にしているけれど、これは死についての本でもなく、死後の世界についての本でもなく、この世界で生きることについての作品だからです。

今回、文庫になるので読み返してみたのですが、最も強く感じたのはそれでした。生きていくことの楽しさと切なさ、それにつきると思います。移植した意識を機械からはずして死んだらそのさき、どうなるのか。それは未来の世界でもわからないのです。やはり、死は永遠の謎なのでしょう。だからこそ、人は生に執着し、生を考えるのかもしれません。そこにこそ人間らしさの根源があるではないでしょうか。

最後になりましたが、今回、文庫化するにあたって、原文と訳文のつきあわせをしてくださった石田文子さんに、心からの感謝を！

金原瑞人

二〇一八年十月二日

●著者紹介　アレックス・シアラー　Alex Shearer
英国スコットランド北部のウィックに生まれ、現在はサマセット州に住んでいる。テレビやラジオ、映画、舞台のシナリオライターとして活躍したあと、数多くのヤングアダルト小説を執筆、ガーディアン賞にノミネートされた『スノードーム』(求龍堂)などを生みだした。映画やテレビシリーズになった作品もあり、日本では『チョコレート・アンダーグラウンド』(求龍堂)を原作としたコミックやアニメ映画が制作された。他に、『13ヵ月と13週と13日と満月の夜』『This is the Life』『ガラスの封筒と海と』(いずれも求龍堂)、『魔法があるなら』(PHP研究所)、『世界でたったひとりの子』『あの雲を追いかけて』『骨董通りの幽霊省』(いずれも竹書房)、『チェンジ!』(ダイヤモンド社)、『スキ・スキ・スキ!』(あかね書房)などがある。

●訳者紹介　金原瑞人(かねはら・みずひと)
法政大学教授・翻訳家。訳書に『豚の死なない日』(白水社)、『パーシー・ジャクソンとオリンポスの神々』(静山社ペガサス文庫)、『国のない男』(中公文庫)、『ジョン万次郎 海を渡ったサムライ魂』(集英社)、『月と六ペンス』(新潮文庫)、『アルバート、故郷に帰る』(ハーパーコリンズ・ジャパン)、『アラスカを追いかけて』(岩波書店)、『アーム・ストロング 宙飛ぶネズミの大冒険』(ブロンズ新社)、『ガラスの封筒と海と』(求龍堂)、『このサンドイッチ、マヨネーズ忘れてる　ハプワース16、1924年』(新潮社)などがある。また国内外のYA作品に対する造詣が深く、『10代のためのYAガイドブック 150 !』(ポプラ社)、『12歳からの読書案内』(すばる舎)、『13歳からの絵本ガイド YAのための100冊』(西村書店)などがある。エッセイに『サリンジャーに、マティーニを教わった』(潮出版)など。日本の古典の翻案に『仮名手本忠臣蔵』(偕成社)、『真景累ヶ淵』(岩崎書店)など。

単行本　二〇〇二年五月　小社刊
（文庫化にあたり、訳者による追加訂正をいたしました）

青空《あおぞら》のむこう

発行日	2018年10月29日
著者	アレックス・シアラー
訳者	金原瑞人
発行者	足立欣也
発行所	株式会社求龍堂 〒102-0094 東京都千代田区紀尾井町3-23文藝春秋新館1階 電話　03-3239-3381（営業） 03-3239-3382（編集） http://www.kyuryudo.co.jp
印刷・製本	錦明印刷株式会社
デザイン	近藤正之（求龍堂）
編集	深谷路子（求龍堂）

Printed in Japan
ISBN978-4-7630-1828-1 C0097